Sattel, Trense, Reiterglück

Pferdeferien für vier

Band 1: Ein Turnier für vier

Band 2: Pferdeferien für vier

Band 3 erscheint im Frühjahr 2017

Dagmar Hoßfeld

Sattel, Trense, Reiterglück

Pferdeferien für vier

CARLSEN

Hallo, liebe Pferdefans!

Ich muss zugeben, dass ich ein bisschen neidisch auf die vier Freunde bin. Ferien mit Pferden? Wie toll ist das denn! Meine Eltern hätten mir das niemals erlaubt. Außerdem hatte ich gar kein eigenes Pferd.

Von solchen Pferdeferien konnte ich immer nur träumen. Und das habe ich getan – bis ich irgendwann alt genug war und die Sache selbst in die Hand genommen habe. Zwar konnte ich damals keinen Reiterurlaub mit Freunden machen, aber ich durfte in den Sommerferien auf einem Ponyhof arbeiten.

Das war großartig! Von morgens bis abends war ich von Ponys umgeben. Ich habe Ferienkindern Reitunterricht gegeben, bin mit ihnen zum Strand geritten und über Felder galoppiert. Fast so wie die Pferdefreunde in diesem Buch.

Viel Spaß beim Lesen und liebe Grüße

Eure Dagmar Hoßfeld

Der voll fiese Ferienfrust und eine perfekte Lösung

„Wisst ihr eigentlich, dass in sechs Wochen die Sommerferien anfangen?“
Luca lehnte mit dem Rücken an einem Zaunpfahl und kaute auf einem Strohhalm. Ab und zu hob er den Kopf und schaute den Schäfchenwolken hinterher.
„Klar, so was Wichtiges vergisst man doch nicht!“ Marie kraulte ihrem Pferd die Stirn. Robbie schloss vor Wohlbehagen die Augen und prustete leise. „Geht ja auch gar nicht. Schließlich erinnerst du uns jeden Tag daran.“
„Wahrscheinlich kann er's kaum erwarten, endlich sein Zeugnis zu bekommen.“ Benni hockte oben auf dem Gatter und grinste, während er seine Streicheleinhei-

ten gerecht auf einen Schecken und eine Schimmelstute verteilte.
Emily stand etwas abseits und zupfte gedankenverloren eine Klette aus Toffys Schweif. Trotz der liebevollen Pflege sah ihr kleiner schwarzer Wallach immer ein bisschen struppig aus. Kein Wunder, er wälzte sich gerne – egal, ob im Staub oder im Matsch – und schubberte sich hinterher an Hecken und Bäumen. Emily gab Toffy einen Kuss auf die Nase, bevor sie sich an die anderen wandte.
„Mit unserer Urlaubsreise wird's in diesem Jahr nichts. Mein Dad bekommt nicht frei. Wir bleiben daheim."
„Na und?", entgegnete Luca unbeeindruckt. „Wir verreisen auch nicht. Meine Mutter hat gesagt, Urlaub ist nicht drin. Zu teuer", fügte er hinzu.
Benni sprang vom Zaun.
„Na dann: Willkommen im Club! Wir sind gerade erst umgezogen. Meine Eltern sind der Meinung, dass es nichts Erholsameres gibt, als Ferien in den eigenen vier Wänden zu machen. Nur der eigene Garten und die Terrasse können das ihrer Meinung nach noch toppen. Beides haben wir jetzt."
Bei dem Gedanken, sechs Wochen lang in Gesellschaft

seiner Eltern von morgens bis abends im Garten zu hocken, ab und zu mal den Rasen zu mähen oder die Hecke zu stutzen, stöhnte er auf. „Wenn wir wenigstens einen Pool hätten! Oder von mir aus ein Planschbecken."

„Ach, du Ärmster", spottete Marie. „Während du im Liegestuhl abhängst, darf ich mit meinem kleinen Bruder jeden Tag ins Freibad latschen und aufpassen, dass er ja nichts anstellt oder verloren geht. Das ist echt die Krönung. Nichts gegen meinen Bruder, aber jeden Tag muss ich ihn nicht auf der Pelle haben."

Ihre Freunde nickten verständnisvoll. Dann hingen sie wieder ihren eigenen Gedanken nach.

Auf dem Reiterhof Brombeerhain herrschte himmlische Ruhe. Die Reithalle, das Wohnhaus des Reitlehrers und die Ställe des kleinen Reitvereins lagen im Sonnenschein. Verborgen von der dichten Brombeerhecke, die dem Hof seinen Namen gegeben hatte, versteckte sich ein Teich. Am anderen Ende der Pferdekoppel begann schon der Wald.

Die Pferde standen mit hängenden Köpfen im Schatten großer Bäume und dösten. Auf der Nachbarkoppel lagen zwei Fohlen im Gras. Sie schliefen. Ihre Mutterstuten standen neben ihnen. Ab und zu schlug eine von ihnen mit dem Schweif, um die lästigen Fliegen und Bremsen zu verscheuchen.

Weit entfernt rumpelte ein Lastwagen über die Landstraße. Auf dem Teich quakte eine Ente. Lautes Summen von Hummeln, Bienen und Fliegen erfüllte die Luft.

Luca streckte sich. Sein Schecke Bonito wandte ihm neugierig den Kopf zu. Luca schob ihn sanft zur Seite.

„Nee, jetzt nicht. Ich muss mal kurz darüber nachdenken, was wir gegen den drohenden Ferienfrust unternehmen können. Kann doch echt nicht wahr sein, dass wir lieber zur Schule gehen würden, als Ferien zu haben."

Emily, Marie und Benni schauten sich an und grinsten. Lucas Gesicht war hoch konzentriert und sah ziemlich komisch aus.

„Du guckst wie eine Bulldogge", stellte Marie fest. Sie war seit ein paar Monaten Lucas Freundin und liebte es, ihn aufzuziehen. „Runzel deine Stirn nicht so. Das gibt Falten, die gehen nie wieder raus!"

Luca ignorierte ihre Bemerkung. Seine Stirn wurde noch eine Spur krauser. Plötzlich sprang er auf.

Bonito hüpfte erschrocken zur Seite.

„'tschuldigung", sagte Luca und tätschelte ihm den Hals.

„Ich hatte gerade eine Eingebung, die ist so was von genial, dass ich's selbst kaum fassen kann!"
„Echt?" Marie kannte Lucas eigenwillige Geistesblitze und war gespannt, was er dieses Mal ausgebrütet hatte. Emily spitzte die Ohren.
„Spuck's aus!" Benni knuffte Luca in die Seite.
Wie immer, wenn Luca etwas Wichtiges zu verkünden hatte, legte er eine kunstvolle Schweigeminute ein. Er genoss es, die anderen auf die Folter zu spannen und ein bisschen zappeln zu lassen. Lächelnd fuhr er Bonito über die Schulter, den Rücken und die Hinterhand, bis er es schließlich selbst nicht mehr aushielt. Ganz langsam richtete er sich wieder auf und strahlte dabei über das ganze Gesicht.
„Wir machen einen Wanderritt!", rief er. „Was sagt ihr dazu?"
Die erste Reaktion war Schweigen.
Niemand sagte etwas. Sogar die Pferde hielten kurz inne. Dann ließ Bonito einen Haufen Pferdeäpfel ins Gras fallen. Toffy setzte einen Hinterhuf auf und gähnte mit geschlossenen Augen.
Luca ließ enttäuscht die Arme sinken. Mit etwas mehr Begeisterung hatte er schon gerechnet.

„Habt ihr Gänseblümchen in den Ohren? Soll ich's noch mal wiederholen?“, fragte er freundlich.
„Ja, bitte. Ich glaub, ich hab mich verhört.“ Marie zog die Nase kraus.
„Wir machen in den Ferien einen Wanderritt“, sagte Luca geduldig. „Seid ihr echt so schwer von Begriff oder tut ihr nur so? Ihr habt doch gerade selbst gesagt, dass ihr in den Ferien noch nichts vorhabt. Also reiten wir ein bisschen durch die Gegend. Man nennt das Wanderreiten. Wandern zu Pferde. Ferien im Sattel. Wir vier und unsere Pferde. Habt ihr's jetzt kapiert?“
Benni wollte etwas sagen, aber aus seinem Mund kam nur ein lang gezogenes „Äh …“. Er klappte den Mund wieder zu und starrte zuerst Luca, dann die beiden Mädchen an. „Ist das sein Ernst oder war er nur zu lange in der Sonne?“
Marie verzog keine Miene. „Na klar ist das sein Ernst! Du kennst ihn länger als ich. Er ist immer für eine Überraschung gut, oder etwa nicht?“
Emily hatte noch gar nichts gesagt, doch in ihrem Gesicht arbeitete es. Benni und sie gingen zwar noch nicht so lange miteinander wie Luca und Marie, aber die Vorstellung, mit ihm zusammen einen Ferienritt zu machen,

gefiel ihr. Sie grinste. „Das ist wirklich die beste Idee, die du je hattest!“, sagte sie zu Luca. „Abgesehen vielleicht von unserem Turnier. Obwohl, nee – ein Wanderritt ist noch viel besser als jedes Turnier. Viel, viel besser!“

„Ja, das finde ich allerdings auch!“ Luca verschränkte die Arme vor der Brust.

Toffy schüttelte die Mähne. Im Gegensatz zu seiner Besitzerin schien er von Lucas Einfall nicht wirklich begeistert zu sein.

„Ach, vergesst es!“, winkte Marie ab. „Das erlauben unsere Eltern niemals. Meine jedenfalls nicht. Das kann ich euch jetzt schon schriftlich geben.“

Emily schaute Marie an. Wahrscheinlich hatte sie Recht; bestimmt sogar. Maries Eltern waren ziemlich streng. Es war schon schwierig genug, wenn Marie nur mal bei ihr oder im Stall übernachten wollte. Wie sollte sie es dann schaffen, sie zu überreden, ihr einen Wanderritt zu erlauben?

„Aber wir sollten es wenigstens versuchen“, wandte Emily ein. „Meine Eltern sind garantiert auch nicht begeistert. Aber wir sind zu viert. Es muss doch irgendwie möglich sein, unseren Eltern die Erlaubnis abzuluchsen!“

Benni stimmte ihr zu. „Finde ich auch. Wir sind schließlich keine Babys mehr! Wir müssen uns nur die richtigen Argumente einfallen lassen."
Luca hatte nachdenklich zugehört. Jetzt nickte er.
„Logo. Wir brauchen einen richtig guten Plan. Wir müssen eine Route ausarbeiten und Übernachtungsquartiere für uns und die Pferde organisieren. Wir sollten uns genau überlegen, was wir alles brauchen und mitnehmen werden. Dann müssen wir natürlich auch trainieren und –"
„Wieso trainieren?" Benni machte ein verwirrtes Gesicht. „Wir sind keine Anfänger mehr. Unsere Pferde sind zuverlässig und straßensicher. Was sollen wir da noch groß trainieren?"
Luca warf ihm einen langen Blick zu. „Ein Wanderritt ist kein kleiner Ausritt. Das kann ganz schön anstrengend werden, glaub ich. Wir müssen auf alles vorbereitet sein. Auf Sonne, Wind, Sturm und Regen, kleinere und größere Unfälle."
„Unfälle? Wieso denn Unfälle?" Emilys Stimme klang alarmiert.
„Na ja, ein paar Pflaster sollten wir schon mitnehmen", sagte Marie schnell. „Mückenspray, Blauspray für die

Pferde, unsere Impfpässe. Vielleicht einen Erste-Hilfe-Koffer. Sicher ist sicher."
Luca nickte. Er liebte es, Pläne zu schmieden, und war voll in seinem Element.
„Am besten machen wir eine Liste", schlug er vor. „Aber vorher sprechen wir mit unseren Eltern. Sven müssen wir auch einweihen. Und dann stellen wir einen Trainingsplan auf."
„Einen Trainingsplan?", wiederholte Benni.
„Krafttraining, Joggen und Dehnübungen für uns", zählte Luca auf. „Viel Auslauf und lange Ausritte für die Pferde. Noch Fragen?"
„Ja, jede Menge", erwiderte Marie. „Wie sollen wir das alles bis zu den Sommerferien schaffen? Mit dem Programm sind wir mindestens bis zu den Herbstferien beschäftigt!"
„Oder vor Erschöpfung gestorben", murmelte Emily. Sie warf Toffy einen zweifelnden Blick zu. Wenn ein Wanderritt so viel Stress bedeutete, sollten sie sich für die Ferien vielleicht doch lieber etwas anderes einfallen lassen. Etwas Erholsames, Entspannendes.
Toffy schnoberte in ihren Haaren und prustete, als wäre er ganz ihrer Meinung.

Ein lauter Pfiff riss sie aus ihren Überlegungen. Sven Stapenbeck, Reitlehrer und Besitzer des Reiterhofs Brombeerhain, stand vor der großen Halle und winkte. Neben ihm scharrte der Rappe Shakan mit einem Vorderhuf im Kies.
Luca warf einen Blick auf seine Uhr.
„Boah, ist es echt schon so spät?“ Er griff in Bonitos Halfter und zog mit der anderen Hand das Gatter auf. „Fast hätten wir vor lauter Quatschen den Ausritt vergessen. Los, kommt. Sven hasst es, wenn wir zu spät kommen.“
Benni schob sich mit Möwe an Marie und Emily vorbei und folgte Luca schnell.
„Ich hasse übertriebene Eile“, sagte Marie und fuhr Robbie übers Fell.
Emily kicherte. „Ich auch. Noch schlimmer finde ich nur noch übertriebenes Konditionstraining.“
Sie befestigten die Führleinen an den Halftern und führten ihre Pferde in aller Ruhe zum Sattelplatz.

Nur Fliegen ist schöner

Zwanzig Minuten später saßen die vier im Sattel. Sie rückten ihre Reithelme gerade, gurteten noch einmal nach und nahmen schließlich die Zügel auf.
Luca tätschelte Bonitos Schulter. Der Schecke war nervös.
„Auf geht's, Scheeritt!" Sven legte die Schenkel an. Er übernahm mit seinem Rappen die Tete.
Luca musste Bonito zurückhalten. Normalerweise ging er vorne. Er mochte keine anderen Pferde vor sich und war ganz und gar nicht einverstanden. Immer wieder trippelte er seitwärts, wehrte sich gegen den Zügel und versuchte auszubrechen. Luca hatte alle Hände voll zu tun. Er fluchte leise. Sein Gesicht war gerötet. Emily, Benni, Marie und die anderen hielten vorsichtshalber zwei Pferdelängen Abstand.

Die Abteilung folgte einem Feldweg, der in den Wald führte. Außer den vier Freunden ritten noch drei andere Reitschüler mit.
Die Sonne schien warm und freundlich. Es war ein wunderbarer Nachmittag für einen Ausritt.
Emily fuhr Toffy mit einer Hand über den Mähnenkamm. Der kleine Wallach trottete gelassen vor sich hin, nickte mit dem Kopf und schnappte ab und zu nach einem Grashalm. Er schien rundum zufrieden zu sein und stieß wie zur Bestätigung ein helles Wiehern aus.
Robbie wandte ihm den Kopf zu und antwortete mit einem tiefen Brummeln.
Marie und Emily lächelten gleichzeitig.
Ausritte in der freien Natur waren immer etwas Besonderes. Nicht nur für die Reitschüler, sondern auch für die Pferde. Die Gegend rund um den Brombeerhain war perfekt dafür geeignet. Der Reitstall lag inmitten von Wiesen und Feldern. In den Wäldern ringsherum gab es Reitwege. Manche führten bis ans Meer. Die Wälder und Wege waren Privatbesitz und menschenleer. Nur den Sandstrand, der mit seinem flachen Ufer zum Galopp einlud, mussten sie bei schönem Wetter mit Spaziergängern und Badegästen teilen.

Emily atmete tief ein und seufzte behaglich.
Marie ritt schweigend neben ihr her. Sie saß kerzengerade im Sattel, reckte das Kinn und ließ Luca nicht aus den Augen. Bonito hatte sich inzwischen beruhigt.
„Warum fragt er nicht endlich?“, murmelte Marie. „Die Gelegenheit ist doch supergünstig!“
„Wen meinst du? Luca?“, fragte Emily zurück. „Wegen des Ferienritts?“
Marie nickte. „Ja, klar! Er sollte Sven unbedingt jetzt fragen. Wenn Sven gute Laune hat, sagt er zu allem Ja. Und auf einem Ausritt hat er immer gute Laune.“
„Stimmt“, bestätigte Emily. Sie nieste. „Aber sollten wir nicht zuerst unsere Eltern fragen? Wenn die uns das nicht erlauben, brauchen wir Sven gar nicht erst damit zu kommen. Dann haben wir sowieso keine Chance.“
Bevor Marie antworten konnte, gab Sven das Handzeichen zum Antraben und schließlich, als die kleine Abteilung den Wald verlassen hatte und ein brachliegendes Feld erreichte, zum Galopp.
„Mist!“, fluchte Marie. „Jetzt ist es zu spät!“
Sie ließ Robbie angaloppieren und stellte sich in die Steigbügel. Mühelos überholte sie Benni und Möwe und erreichte mit wenigen Galoppsprüngen Bonito.

Luca warf ihr einen überraschten Blick zu. „Hey, das gibt Ärger! Überholen ist verboten!“

Marie ignorierte seine Warnung. „Wir sollten Sven bei der nächsten günstigen Gelegenheit die Erlaubnis für unseren Wanderritt abluchsen, findest du nicht?“, fragte sie. Sie lenkte Robbie ein Stück näher an Bonito heran, was der mit einem ärgerlichen Schnauben quittierte. „Wenn Sven uns sein Okay gibt, müssen unsere Eltern Ja sagen.“

Lucas Miene erhellte sich. Er hob einen Daumen und nickte. „Ist gebongt! Das schaff ich!“

Marie nahm die Zügel kürzer und ließ sich wieder zurückfallen. Sie kannte Luca und seine Überzeugungskraft. Wenn einer den Reitlehrer von der Notwendigkeit eines Wanderritts überzeugen konnte, dann er.

Als das Ende des Feldes erreicht war, ließ Sven die Abteilung zum Schritt durchparieren.

Während Emily schnuppernd die Nase hob und steif und fest behauptete, schon das Meer riechen zu können, behielt Marie Luca im Auge. Als hätte er ihren bohrenden Blick im Rücken gespürt, drehte er sich im Sattel um und grinste. Marie winkte ihm mit der Gerte zu.

„Jetzt oder nie!“, brummte sie.

„Wie bitte?“, fragte Emily.

„Luca greift an!“, antwortete Marie und zeigte nach vorn. „Drück die Daumen, dass Sven heute einen guten Tag hat!“

Luca hatte den Rappen des Reitlehrers erreicht und schob sich den Reithelm aus der Stirn.

„Oh-oh“, machte Emily. Mehr fiel ihr dazu im Moment nicht ein. Mit angehaltenem Atem verfolgte sie, wie Luca und Sven einander die Köpfe zuwandten und sich unterhielten. Sven klopfte Shakans Hals. Die Zügel hielt er locker in einer Hand. Ab und zu lachte er, als hätte Luca ihm einen Witz erzählt.

Benni drehte sich im Sattel um und zuckte mit den Schultern. Sein Gesicht war ein einziges Fragezeichen.

Mit einer energischen Geste bedeutete Marie ihm, sich wieder umzudrehen.

„Gleich kommt der magische Moment“, murmelte sie. „Dann heißt es ja oder nein.“

Emily klopfte Toffys Schulter.

„Schau mal, Dicker! Dahinten ist das Meer!“

Tatsächlich blitzten hinter einer sanften Biegung die ersten Wellen auf. Der Wind trug den würzigen Geruch von Salz und Seetang bis zu den Reitern.

Die Pferde hoben die Köpfe und blähten die Nüstern. Toffy fing an zu trippeln. Emily konnte genau spüren, wie er sich unter ihr anspannte und vorwärtsdrängte. Er liebte Wasser über alles. Keine Pfütze, kein Teich war vor ihm sicher. Wo andere Pferde scheuten oder sich nur vorsichtig näherten, warf Toffy sich mitten hinein. Emily war sich ziemlich sicher, dass es in seiner Ahnenreihe irgendwann mal ein Seepferd oder ein Walross gegeben haben musste. Sie hatte schon einige unfreiwillige Bäder mit ihrem Pferd genommen. Aber sie verzieh ihm alles – sogar nasse Reithosen und durchweichtes Sattelzeug.

Als die Abteilung plötzlich zum Stehen kam, prallte Toffy mit der Nase fast auf Möwes Kruppe.

Emily zuckte zusammen. „Was ist denn jetzt los?"

Marie stellte sich in die Steigbügel, um besser sehen zu können.

„Upps", machte sie und setzte sich schnell wieder hin. „Ich glaub, Luca hat soeben die entscheidende Frage gestellt."

Emily drückte beide Daumen.

„Warum geht's nicht weiter?", rief Benni.

Er verstand nur Bahnhof. Sven und Luca hatten mitten

auf dem schmalen Weg angehalten und diskutierten miteinander. Konnten die das nicht auf später verschieben?
„Was ist los? Warum stehen wir hier rum?“, rief ein Mädchen vom Ende der Abteilung.
Die anderen fingen an zu murren.
Benni drehte sich zu Marie und Emily um, aber die saßen stumm in den Sätteln.
„Wisst ihr zufällig, was da los ist?“, fragte Benni. Möwe zog ihm die Zügel aus den Händen und fing an zu grasen.
„Ich vermute mal, dass Luca Sven gerade in unsere Ferienpläne einweiht“, antwortete Emily trocken.
„Oh …“, Benni riss die Augen auf. „Ach so.“
In diesem Moment setzte sich Shakan wieder in Bewegung. Sven schüttelte den Kopf, während er den Rappen vom Weg auf den Strand lenkte.
Luca hielt Bonito zurück und gab Benni ein Zeichen, dass er zu ihm aufschließen sollte.
Die Abteilung setzte sich langsam wieder in Bewegung. Emily und Marie reckten die Hälse, um etwas von dem aufzuschnappen, was Luca Benni erzählte. Leider vergeblich. Der Abstand war einfach zu groß.

Die beiden Jungs steckten die Köpfe zusammen. Luca gestikulierte mit einer Hand, während Benni aufmerksam zuhörte.
„Oh, Mann. Ich halt's nicht mehr aus!", jammerte Marie.
Emily versuchte sie zu beruhigen. „Gleich sind wir am Strand. Da wird sowieso erst mal galoppiert. Wir müssen uns gedulden, bis wir wieder im Stall sind."
„So was Blödes!", fluchte Marie. „Was glaubst du, was Sven gesagt hat?"
„Keine Ahnung", erwiderte Emily ehrlich. „Aber wir werden es hoffentlich bald erfahren. So oder so."

Am Strand hob Sven wie erwartet eine Hand und gab das Zeichen zum Galopp. Das Meer war ruhig und glitzerte im Sonnenschein. Möwen ließen sich vom Wind tragen und stießen heisere Schreie aus. Weit und breit war keine Menschenseele zu sehen.
Als hätte sie nur darauf gewartet, jagte die Abteilung los und folgte dem Reitlehrer. Der Sand spritzte zu allen Seiten hoch.
Emily und Marie hielten Toffy und Robbie zurück und ließen die anderen vorausstürmen. Sie wollten den Galopp genießen.

Marie kniff die Augen zu schmalen Schlitzen zusammen.
Emily lächelte. Ihr Herz klopfte. Sie spürte den Wind und die Sonne. Es fühlte sich so toll an, dass sie am liebsten laut gejubelt hätte. Vorsichtig ließ sie die Zügel los und breitete die Arme aus. Für einen Augenblick hatte sie tatsächlich das Gefühl, als würde sie fliegen.
Urplötzlich änderte Toffy so schnell die Richtung, dass Emily nicht mehr reagieren konnte. In der nächsten Sekunde segelte sie schon durch die Luft und fand sich zwischen Muschelschalen und Seetang auf dem Rücken liegend wieder. Der Aufprall raubte ihr für einen Moment den Atem.
„Emily!“ Marie parierte Robbie durch und sprang aus dem Sattel.
„Alles klar. Nichts passiert. Mir geht's super.“ Emily rappelte sich hoch und versuchte den Sand auszuspucken, der zwischen ihren Zähnen knirschte. „Bin ich gerade echt geflogen?“
„Ja, es sah ziemlich spektakulär aus. Tut dir was weh?“ Marie musterte sie besorgt.
Emily schüttelte den Kopf.
„Nö“, versicherte sie. „Wo ist Toffy?“

Marie zeigte wortlos zum Ufer. Toffy stand mit hängenden Zügeln und gesenktem Kopf im flachen Wasser und patschte darin herum.
Emily sprang mit einem Satz auf die Beine.
„Wehe, du legst dich hin!“, rief sie streng.
Toffy spitzte die Ohren. Täuschte sie sich oder grinste er? Konnten Pferde überhaupt grinsen?
Sie stapfte durch den Sand und griff nach den Zügeln. Zum Glück war Toffy nicht hineingetreten. Wie konnte sie nur so doof sein, sie mitten im Galopp einfach loszulassen?
Sie hatte Mühe, Toffy aus dem Wasser zu bekommen. Er hätte sich gerne hingelegt und ein bisschen gewälzt. Dass seine Besitzerin anderer Meinung war, konnte er nicht verstehen. Er stemmte die Hufe in den Grund und benahm sich wie ein störrischer Esel.
Emily schimpfte mit ihm.
Inzwischen hatte die Abteilung bemerkt, was passiert war, und hatte gewendet.
Emily wischte sich den Sand von der Reithose.
„Benimm dich!“, raunte sie Toffy zu, der immer noch sehnsüchtig auf das Wasser schielte.
„Ist alles okay?“, fragte Benni.

„Ja, alles in Ordnung“, antwortete Emily und klopfte zur Bestätigung Toffys Hals. „Uns geht’s prima!“

„Wie ist das passiert?“ Sven war abgestiegen und überzeugte sich davon, dass es Emily und Toffy gut ging.

„Wir hatten eine kleine Meinungsverschiedenheit.“ Emilys Wangen wurden rot. „Ich wollte geradeaus, Toffy nach rechts.“

Ihr Reitlehrer hob eine Augenbraue. Täuschte Emily sich oder lächelte er?

„Das Walross hat wieder zugeschlagen“, grinste Luca. „Er wollte schwimmen gehen. Stimmt’s?“

Emily warf ihm einen giftigen Blick zu.

„Was denn?“, fragte Luca unschuldig. „Du hast doch selbst mal gesagt, dass er von einem Walross abstammt. Oder war’s ein Flusspferd?“

„Heute konnte Toffy ausnahmsweise mal nichts dafür“, erwiderte Emily. „Ich hab einfach nicht aufgepasst.“

„Hauptsache, es ist nichts passiert“, nickte Sven. „Aufgesessen! Wir reiten nach Hause.“

Emily wischte noch einmal mit der Hand über die Reithose und schnalzte mit der Zunge.

„Komm, Dicki“, sagte sie zu Toffy. „Du hast es gehört: Für heute ist Schluss mit lustig!“

Toffy rieb seinen Kopf an ihrer Schulter und prustete.
„Soll das ein Friedensangebot sein?", fragte Emily. „Falls ja, nehme ich es an."
Sie stellte sich an Toffys linke Seite, nahm die Zügel in eine Faust und schwang sich in den Sattel.
Marie zwinkerte ihr zu.
„Sven hat gerade gegrinst, das hab ich genau gesehen", flüsterte sie Emily zu, als sie sich in die Abteilung einreihten. „Vielleicht stehen unsere Chancen doch nicht so schlecht, wie wir dachten."
„Du meinst, dass er nichts gegen unseren Wanderritt hat?", fragte Emily überrascht.
„Keine Ahnung." Marie zuckte mit den Schultern. „Ich weiß nur eins: Ich hätte es in den Ferien gerne jeden Tag so schön wie heute."
„Schön? Meinst du etwa meinen Flugversuch?" Emily verzog das Gesicht. „Ich wette, mir tut morgen alles weh!"
„Dann wird auf unserem Wanderritt eben nicht geflogen", kicherte Marie. „Okay?"
„Okay", nickte Emily und grinste.

Jungs haben's gut, Mädchen aber auch

Was hat Sven vorhin gesagt? Hast du ihn gefragt?“ Sie waren nach dem Ausritt kaum abgesessen, da bestürmten Emily und Marie die Jungs mit Fragen.

„Er hat gesagt, dass wir zuerst unsere Eltern um Erlaubnis fragen sollen“, antwortete Luca mit einem schiefen Grinsen. „Wenn die uns den Ritt erlauben, hat er auch nichts dagegen.“

Emily und Marie fielen sich jubelnd in die Arme.

„Moment! Er hat noch etwas gesagt“, unterbrach Luca ihren spontanen Freudenausbruch.

Die Mädchen blieben stehen.

Benni zog eine Augenbraue hoch. „Was denn?“

„Er hat gemeint, wenn er unser Vater wäre, würde er

uns den Ritt niemals erlauben“, gab Luca die Worte des Reitlehrers wieder. „Schließlich wären wir noch minderjährig. Wir würden überhaupt nicht ahnen, was auf so einem Ritt alles passieren kann.“

Einen Moment lang herrschte sprachlose Stille.

Toffy rieb seinen verschwitzten Kopf an Emilys Schulter und gähnte.

Die vier sahen sich ratlos an. Hieß das nun ja oder nein? Sollten sie sich schon mal ganz vorsichtig freuen? Oder doch lieber erst abwarten, was ihre Eltern sagten?

Marie stöhnte auf. „Meine Eltern werden mir das nie erlauben. Nicht in hundert Jahren!“ Sie nahm Robbie den Sattel ab und legte ihn umgedreht zum Trocknen in die Sonne. „Es sei denn –“

„Es sei denn, was?“, fragte Emily.

„Es sei denn, dass deine Eltern es dir erlauben.“ Marie grinste.

„Meinst du damit, dass du darfst, wenn ich darf?“, fragte Emily und runzelte die Stirn.

Marie nickte. „Ja, genau! Du weißt doch, wie unsere Mütter ticken. Sie werden stundenlang miteinander telefonieren und das Für und Wider abwägen. Wenn deine Mutter dann irgendwann sagt, sie würde es dir er-

lauben, sagt meine Mutter garantiert auch nicht Nein."
Sie nahm zwei Strohwische und rieb Robbies Sattellage damit trocken.
„Okay", sagte Emily gedehnt.
Marie führte Robbie an ihr vorbei, nahm ihm das Zaumzeug ab und entließ ihn auf die Weide.
Der Wallach machte ein paar Schritte und legte sich dann an einer sandigen Stelle nieder. Mit wohligem Grunzen wälzte er sich hin und her. Als er genug hatte, erhob er sich, schüttelte sich vom Kopf bis zum Schweif den Staub aus dem Fell und bummelte zur Tränke, um seinen Durst zu stillen.
Toffy sah seinem Weidegenossen sehnsüchtig hinterher.
Emily trödelte ein bisschen, weil sie darüber nachdenken musste, was Marie gerade gesagt hatte.
„Hm", meinte sie schließlich. „Du könntest Recht haben. So könnte es klappen."
Ihre Mutter war ziemlich großzügig; auf jeden Fall großzügiger als Maries Mutter. Sie erlaubte Emily fast alles. Wenn sie es geschickt anfing –
„Weißt du was? Ich frag sie gleich heute Abend." Emily brachte Toffy zu den anderen Pferden auf die Weide und gab ihm zum Abschied einen Klaps auf die Krup-

pe. „Ich werde einfach so lange betteln, bis sie gar nicht anders kann, als es mir zu erlauben. Und wenn ich sie so richtig schön eingewickelt hab, sag ich ihr, dass sie deine Mutter anrufen soll. Was meinst du?"

„Klingt perfekt!", strahlte Marie. „Genau so hab ich mir das vorgestellt. Und wie ist euer Plan, falls ihr einen habt?", wandte sie sich an Luca und Benni.

„Klar haben wir einen Plan", erwiderte Luca grinsend. „Er lautet: Ein Nein kommt gar nicht in die Tüte. Es wird auch kein Nein geben. Benni und ich haben nämlich einen entscheidenden Vorteil."

„Ach, und welchen?", wollte Marie wissen.

„Ganz einfach: Wir sind Jungs!", erwiderte Luca.

„Was hat das denn mit unserem Wanderritt zu tun?", fragte Marie.

Benni stellte sich neben Luca und verschränkte die Arme vor der Brust. „Jungs dürfen so was viel eher als Mädchen. Das ist immer so."

„Ja, das stimmt. Anscheinend ist das so etwas wie ein Naturgesetz", seufzte Emily.

Marie zog die Stirn kraus.

„Ein Naturgesetz?", schnaubte sie. „Und was ist mit der Gleichberechtigung? Ich finde das unmöglich!"

„Wir können doch nichts dafür“, versicherte Luca mit unschuldiger Miene.
„Das heißt dann wohl, dass nur Emily und ich unsere Eltern noch um Erlaubnis fragen müssen“, grummelte Marie. „Wie ungerecht!“
Luca gab ihr einen Stups auf die Nase und lächelte. „Fragen müssen Benni und ich auch. Ich glaub, meine Eltern wollen wissen, wo ich in den Ferien bin.“
„Meine auch“, nickte Benni. „Und das, obwohl ich ein Junge bin! Hey, wollen wir nicht irgendwo einen Hamburger essen und unseren Ferienplan feiern?“
„Nein, lieber nicht“, meinte Emily. „Gefeiert wird erst, wenn hundertprozentig feststeht, dass wir wirklich reiten dürfen.“
Die anderen stimmten ihr zu.
„Okay“, sagte Marie. „Dann drückt mal schön die Daumen, dass Emilys Mam es schafft, meine zu überzeugen. So ganz glaub ich noch nicht daran, dass es klappt.“
„Es muss einfach klappen!“, sagte Luca. „Was anderes kommt gar nicht in die Tüte!“

Am nächsten Morgen trafen sich die vier vor der Schule. Luca und Benni standen mit verschränkten Armen nebeneinander und sahen Marie und Emily gespannt entgegen, als die mit ihren Fahrrädern über den Schulhof rollten und vor ihnen abbremsten.
Die Mädchen nickten ihnen zu und verzogen keine Miene. Schweigend schoben sie ihre Räder in den Unterstand und schlossen sie ab.
Luca und Benni wechselten einen beunruhigten Blick.
Luca hielt es schließlich nicht mehr aus.
„Was ist los?", fragte er. Er hüpfte um Marie herum wie ein nervöses Vollblut. „Was haben sie gesagt?"
Marie blieb stehen und musterte ihn von oben bis unten.
„Warum zappelst du so? Hat dich was gestochen?", erkundigte sie sich freundlich.
„Äh, nö." Luca starrte sie an und blieb stehen.
Emily unterdrückte ein Kichern. Sie drehte sich schnell um und tat so, als hätte sie sich verschluckt.
Luca ließ die Hände sinken und warf Benni einen Hilfe suchenden Blick zu.
„Kannst du vielleicht auch mal was sagen?"
Benni zuckte ratlos mit den Schultern.

Emilys und Maries Mienen waren undurchdringlich.
„Guten Morgen“, sagte Marie. Weiter nichts.
„Morgen“, erwiderte Benni. „Ist alles klar bei euch?“
„Alles bestens, danke.“ Emily schulterte ihren Rucksack und zwinkerte Benni zu. „Und bei dir so?“
„Alles okay.“ Benni rieb sich die Wange. Sein Blick war verwirrt.
Marie und Emily schauten sich an und prusteten los.
„Ich halt’s nicht mehr aus!“, lachte Emily.
„Ich auch nicht“, kicherte Marie. „Hast du ihre Gesichter gesehen? Zu schön!“
Luca runzelte die Stirn.
Benni kratzte sich am Kopf.
„Am besten warten wir ab, bis der Anfall vorbei ist“, schlug er vor. Luca stimmte ihm zu.
Emily und Marie hatten Mühe, sich zu beruhigen. Als es zur ersten Stunde klingelte und sie die Eingangshalle betraten, prusteten sie immer noch. Marie wischte sich eine Lachträne aus dem Augenwinkel.
„Wollen wir’s ihnen nicht verraten?“, raunte sie Emily zu.
„Na gut“, sagte Emily. Sie blieb stehen und räusperte sich. Als sie Lucas erwartungsvollen Blick bemerkte,

musste sie wieder lachen. „Sag du's ihnen! Ich kann's einfach nicht."
Marie biss sich auf die Zunge, setzte ein betont ernstes Gesicht auf und drehte sich zu den Jungs um.
„Es ist alles in Butter. Uns geht's gut. Sehr gut sogar!"
„Cool", meinte Benni.
„Okay", nickte Luca. „Und sonst?"
Emily und Marie hopsten wie zwei Flummis auf der Stelle.
„Unsere Eltern haben Ja gesagt!", riefen sie. „Wir dürfen!"
„Ja, und zwar die Klasse betreten", sagte in diesem Moment eine tiefe Stimme hinter ihren Rücken.
„Ups!", machte Marie. Sie brauchte sich nicht umzudrehen; sie wusste auch so, dass ihr Klassenlehrer hinter ihr stand.
„Guten Morgen, Herr Mayerhof", sagte Emily. Sie zog Marie am Ärmel hinter sich her. Den Jungs flüsterte sie zu: „Wir reden später. In der Pause."
Luca und Benni nickten.

Sie hatten eine Doppelstunde Mathe und schrieben einen Wiederholungstest. Als es endlich zur großen Pau-

se klingelte, sprangen Emily, Marie, Benni und Luca gleichzeitig auf und ließen sich mit dem Schülerstrom nach draußen tragen. In einer ruhigen Ecke des Schulhofs fanden sie eine freie Bank und setzten sich in die Sonne.
Luca packte sein Schulbrot aus. Benni biss in einen Müsliriegel.
„Jetzt erzählt endlich mal, was los ist", flehte Luca. „Was haben eure Eltern gesagt?"
Benni verdrückte den Riegel mit ein paar Bissen und schaute Emily erwartungsvoll an.
„Meine Mutter war sofort einverstanden", erzählte die. „Sie findet unsere Idee total klasse. Am liebsten würde sie mitkommen. Mein Vater hat zuerst ein bisschen rumgemosert und hatte hunderttausend Bedenken, aber gegen meine Mutter und mich hatte er keine Chance. Wir haben ihn einfach überstimmt."
„Genial!", meinte Benni.
Marie seufzte.
„Bei mir war's nicht so einfach", sagte sie. „Emilys Mutter hat meine Eltern zwar überredet, dass ich mitdarf, aber nur unter ein paar Auflagen."
Luca runzelte die Stirn. „Was denn für Auflagen?"

„Der Wanderritt darf höchstens vier Tage dauern. Ich darf nicht im Freien übernachten. Und ich muss mein Handy mitnehmen und jederzeit erreichbar sein", zählte Marie auf.
Luca unterbrach sie. „Ist das alles?"
Marie schüttelte den Kopf.
„Ich muss mich jeden Abend bei meinen Eltern melden", fuhr sie fort. „Und bei schlechtem Wetter müssen wir den Ritt sofort abbrechen und umkehren." Sie beendete die Aufzählung und sah die Freunde ein bisschen unglücklich an. „Ich könnte damit leben. Und ihr?"
Luca und Benni wechselten einen Blick.
„Vier Tage sind ganz schön kurz für einen Wanderritt", meinte Benni. „Aber besser als gar nichts, oder?"
„Stimmt", sagte Luca. „Vier Tage Freiheit sind besser als sechs Wochen zu Hause."
Marie war überrascht. „Ihr seid also einverstanden?"
„Klar!" Emily nickte, ohne zu zögern. „Vier Tage im Sattel sind perfekt, finde ich. Schließlich machen wir zum ersten Mal einen längeren Ritt. Wir wissen doch noch gar nicht, wie anstrengend es vielleicht wird."
Es klingelte. Sie standen auf.
„Dass wir unsere Handys mitnehmen und uns regelmä-

ßig zu Hause melden, finde ich absolut okay", sagte Emily, während sie den Schulhof überquerten. „Dass wir für uns und die Pferde feste Quartiere zum Übernachten suchen, auch." Vor der breiten Schultreppe blieb sie stehen und zog die Nase kraus. „Dass wir allerdings gleich umkehren sollen, falls das Wetter schlechter wird, finde ich ziemlich übertrieben. Wenn es zwischendurch regnet, ist das doch kein Grund, den Ritt sofort abzubrechen!"

Luca hielt die Tür auf und ließ sie und die anderen hindurch. „Stimmt", sagte er. „Wir sind schließlich keine Weicheier!"

„Aber es gehört zu den Auflagen, die meine Eltern uns machen", jammerte Marie. „Wenn wir die nicht akzeptieren, darf ich nicht mit!"

„Ich bin Optimist", mischte Benni sich ein. „Deshalb geh ich einfach davon aus, dass wir auf unserem Wanderritt nur bestes Wetter und Sonnenschein haben. Den Punkt mit dem Umkehren können wir also vergessen. Es gibt doch diesen Spruch: Wenn Engel reiten –"

„– dann scheint die Sonne", vollendete Emily den Satz. „Obwohl es eigentlich ‚Wenn Engel reisen' heißt. Aber da wollen wir mal nicht so kleinlich sein."

„Ich kann's noch gar nicht fassen." Marie breitete die Arme aus. „Bald gehen wir auf unseren ersten Wanderritt! Ist das nicht unglaublich?"
„Das wird spitzenmäßig! Nur wir vier und unsere Pferde." Luca strahlte über das ganze Gesicht.
Benni knuffte ihn in die Seite.
„Müssen wir jetzt nicht langsam einen richtigen Plan aufstellen? Die Route, die Unterkünfte … Wir haben noch ziemlich viel zu tun, bevor es losgeht. Ich druck nachher schon mal eine Karte der Umgebung aus."
„Ja, super Idee!", erwiderte Luca. „Dann können wir die Strecke festlegen. Wollen wir uns nach der Schule treffen? Wir sollten vielleicht auch eine Liste aufstellen, was wir alles brauchen und mitnehmen müssen."
„Einverstanden." Emily nickte zufrieden. „Wir treffen uns gegen zwei im Stall. Und heute Abend gehen wir Hamburger und Pommes essen bis zum Abwinken. Immerhin haben wir etwas zu feiern."
Marie jubelte. „Am liebsten würde ich auf der Stelle losreiten!"
„Ich auch!", grinste Luca.

Hufeisen bringen Glück, es sei denn, man verliert sie

Auf die Minute pünktlich trafen sich die vier im Reitstall. Ihre Eltern hatten inzwischen mit Sven telefoniert und alles mit ihm besprochen. Trotzdem blieb der Reitlehrer skeptisch.

„Habt ihr euch das wirklich gut überlegt?", fragte er. „Ihr könnt in den Ferien doch auch lange Ausritte machen. Es muss doch nicht gleich ein Wanderritt sein!"

„Aber darum geht's doch gerade", erwiderte Luca. „Ausritte sind total normal. Nichts Besonderes. Ein richtiger Wanderritt dagegen …" Er überlegte, wie er seinem Reitlehrer erklären sollte, was der Ferienritt ihm und den anderen bedeutete. Dieses Gefühl von Freiheit und Abenteuer, vollkommen ungebunden mit den Pferden

und den besten Freunden im Sattel unterwegs zu sein. Das musste Sven doch kapieren!
„Ich versteh ja, worum es euch geht", sagte Sven, als hätte er Lucas Gedanken gelesen. „Ich war schließlich auch mal jung."
Emily kicherte bei der Vorstellung.
Sven hob eine Augenbraue. „Aber heutzutage lauern überall Gefahren", fuhr er fort. „Wir leben nicht mehr im vorletzten Jahrhundert. Ihr müsst befahrene Straßen überqueren. Vielleicht kommt ihr in Gegenden, in denen Reiter nicht gerne gesehen werden. Und dann ist da auch noch die Frage, wo ihr übernachten wollt." Er schüttelte den Kopf.
Marie unterdrückte ein Schnauben. Als ob sie daran nicht schon selbst gedacht hätten! Außerdem waren es doch nur vier Tage und drei Nächte und keine Weltreise! Warum machten Erwachsene eigentlich immer alles so kompliziert?
„Du weißt doch, dass unsere Pferde total straßenfromm sind", entgegnete sie geduldig. „Wir wollen aber trotzdem nicht unbedingt viel befahrene Straßen nehmen. Das macht nämlich nur halb so viel Spaß, als durch einen Wald oder über Feldwege zu reiten."

„Wer reitet schon freiwillig auf Asphalt und atmet nebenbei noch stinkende Abgase ein!“ Emily rümpfte die Nase. „Wir möchten möglichst nur markierte Reitwege benutzen. Und was die Übernachtungen angeht –“
„Darum kümmert sich meine Mutter“, verkündete Luca. Marie, Emily und Benni schauten ihn überrascht an.
„Das hat sie mir am Telefon auch gesagt“, nickte Sven.
„Meine Ma hat ein Verzeichnis sämtlicher Reiterhöfe in der Gegend“, erklärte Luca. „Sie hat sich bereit erklärt herumzutelefonieren und uns anzumelden.“
„Super!“ Benni klopfte Luca auf die Schulter.
„Ja, total spitze“, fand Emily. „Dann müssen wir uns also gar nicht selbst darum kümmern?“
„Nö“, erwiderte Luca. „Erledigt alles meine Mutter. Sie braucht nur unseren Streckenplan, dann sucht sie die Höfe raus, die entlang der Route liegen, ruft da an und besorgt für uns und die Pferde ein Nachtquartier.“ Er machte eine Pause. „Eigentlich schade. Zu einem echten Wanderritt würde es viel besser passen, wenn wir unter freiem Himmel schlafen würden.“
Sven verdrehte die Augen und stöhnte auf. „Ja, klar. Ihr nehmt einfach die Sättel als Kopfkissen und deckt euch mit Pferdedecken zu.“

„Genau", grinste Benni.
„Okay", lenkte Sven ein. „Anscheinend habt ihr euch Gedanken gemacht und alles gut geplant. Wenn eure Eltern euch unterstützen, will ich eurem Ferienabenteuer nicht im Wege stehen oder euch die Stimmung vermiesen. Falls ihr also meine Hilfe braucht oder Fragen habt: Ich bin für euch da."
„Danke", sagte Marie.
Emily stupste den Reitlehrer an. „Mach dir nicht so viele Sorgen. Wir können supergut auf uns aufpassen."
„Logisch!" Luca nickte.
„Dann macht mal schnell eure Pferde fertig", sagte Sven. „Wenn ihr wollt, reiten wir gleich in den Wald. Das Gelände ist ein prima Training für die Trittsicherheit. Es stärkt die Muskeln und die Kondition der Pferde und die Konzentration der Reiter. Lauter Dinge, die für einen Wanderritt ziemlich wichtig sind." Er zwinkerte den vier Freunden zu und stapfte davon.

„Oh, Mann … wenn unser Wanderritt auch nur halb so anstrengend wird wie dieser Ausritt, brauch ich hinterher mindestens vier Wochen Erholungsurlaub!" Marie schob den Reithelm aus der Stirn und wischte mit dem Handrücken den Schweiß fort, der sich darunter angesammelt hatte. Ihr T-Shirt klebte am Rücken. Ihre Haut kribbelte und juckte wie verrückt. Sie stöhnte leise auf. Die Luft im Wald war so schwül und drückend, als könnte man sie in dicke Scheiben schneiden. Kein Windhauch regte sich. Die Blätter an den Bäumen und Farnen hingen schlaff herunter.

Emily leckte sich über die Lippen. Sie schmeckten nach Salz. „Wenn ich nicht bald etwas zu trinken kriege, verdurste ich", japste sie.

Niemand antwortete ihr.

Marie warf ihr einen stummen Blick von der Seite zu. Sie wusste genau, wie Emily sich fühlte.

Während Emily versuchte ihren Reitlehrer, der vor ihr ritt, nur durch die Kraft ihrer Gedanken zum Umkehren zu bewegen, rieb sie sich den Nacken. Toffy nutzte die Gelegenheit, um ihr die Zügel aus der Hand zu ziehen. Er schüttelte prustend und unwillig den Kopf. An seiner Brust hatten sich Schweißflocken gebildet.

Marie stöhnte noch einmal auf; etwas lauter diesmal, damit Sven endlich reagierte. Aber der dachte gar nicht daran, anzuhalten oder umzukehren. Mit hoch erhobenem Kopf und geradem Rücken saß er im Sattel seines Rappen, trabte locker über die Waldwege, durchquerte Gräben und machte keine Anstalten, das Tempo zu drosseln.

Emilys Gesicht war knallrot. Pausenlos wedelte sie mit der Hand, um Bremsen und Fliegen zu verscheuchen, die um sie und Robbie herumschwirrten. Ein Blick über die Schulter zeigte ihr, dass es den Jungs nicht viel besser ging. Luca hing mit halb geschlossenen Augen in Bonitos Sattel und sah wie ein erschöpfter Cowboy nach dem Viehtrieb aus. Benni erwiderte Emilys Blick so verzweifelt, dass sie schnell wieder nach vorn schaute und die Beschwörungsversuche in Richtung Reitlehrerrücken noch einmal verstärkte.

Irgendwann schien es tatsächlich zu funktionieren.

„Abteilung Scheeritt!", rief Sven. Er parierte sein Pferd durch und klopfte ihm die Schulter.

Beeindruckt stellte Emily fest, dass Sven und Shakan kaum geschwitzt hatten. Die beiden wirkten so entspannt, als hätten sie mal eben einen gemütlichen Spaziergang gemacht und nicht einen Feld-, Wald- und Wiesenritt mit langen Galoppstrecken, anstrengenden

Anstiegen, schwierigen Abstiegen und endlosen Trabstrecken auf holprigen Wegen.
Jetzt spitzte Sven sogar die Lippen und pfiff ein Lied! Woher nahm er nur die Puste?
Emily schüttelte den Kopf. Toffy ließ die Ohren baumeln. Sie folgte dem Beispiel des Reitlehrers, ließ sich die Zügel aus der Hand kauen und tätschelte Toffys Hals. Sofort spürte sie, wie der kleine Wallach aufatmete und sich dankbar streckte.
„Abteilung halt, bitte!“, rief Benni plötzlich von hinten. „Ich glaub, Möwe hat ein Hufeisen verloren!“
Sven hielt Shakan an und sprang aus dem Sattel. Im Vorbeigehen reichte er Emily die Zügel und ging zu Benni. Der war bereits abgesessen und hob nacheinander alle vier Hufe seiner Stute an.
„Hinten rechts“, sagte er zu Sven.
„Lass mal sehen.“ Sven bückte sich und sagte laut: „Fuß!“ Möwe hob das rechte Hinterbein.
„Tatsächlich. Gut, dass du's gemerkt hast.“ Sven ließ Möwes Bein wieder herunter. „Kein Problem. Wir machen uns gleich auf den Heimweg.“
„Was? Jetzt schon?“, protestierte Luca.
Marie warf ihm einen entsetzten Blick zu. Luca grinste.

„Hurra!“, jubelte Emily.
Sven nahm ihr Shakans Zügel aus der Hand und lächelte.
„Hast du Heimweh nach dem Stall?“, fragte er belustigt.
„Nö, gar nicht“, versicherte Emily. Sie war froh, dass ihr Gesicht nicht noch röter werden konnte. „Der Ausritt ist toll. Ich hab nur schrecklichen Durst.“
„Dann sollten wir uns wohl besser beeilen“, erwiderte Sven und saß wieder auf.
Benni wendete Möwe auf dem schmalen Weg. Jetzt ritt er an der Spitze der Abteilung. Möwe spitzte die Ohren.
„Wir reiten im Schritt!“, rief Sven.
Benni nickte.
Marie und Emily atmeten erleichtert auf.
In ruhigem Tempo folgte die kleine Gruppe dem Waldweg. Die Pferde streckten sich. Emily fächelte sich mit einer Hand Luft zu.
Als sie den Wald verließen, gingen die Pferde von sich aus ein bisschen schneller und trabten schließlich an, als witterten sie den nahen Stall. Tatsächlich tauchten hinter einer Biegung schon die Dächer des Reiterhofes auf. Wenig später erreichten sie den Brombeerhain und ließen sich aus den Sätteln gleiten.

„Hufeisen bringen doch Glück, oder?", fragte Benni. „Dann ist das garantiert ein gutes Zeichen für unseren Wanderritt!"
„Klar bringt ein Hufeisen Glück", meinte Luca. „Aber nur dem, der's findet. Nicht dem, der's verliert."
„Heißt das etwa, ich hab jetzt Pech, weil Möwe ein Eisen verloren hat?", fragte Benni entsetzt.
Luca zuckte mit den Schultern. „Keine Ahnung, kann schon sein. Wenn du willst, fahren wir nachher den Weg ab und gucken mal nach, ob wir's wiederfinden."
„Ja, cool", stimmte Benni zu. Er kratzte Möwe die Hufe aus.
Sven stellte sich neben ihn und legte eine Hand auf Möwes Kruppe.
„Gut, dass sie das Eisen jetzt verloren hat und nicht auf eurem Ritt", meinte er. „Ich ruf gleich den Schmied an und bestelle ihn für morgen auf den Hof. Möwe hat einen orthopädischen Beschlag. Es ist wichtig, dass sie schnell ein neues Hufeisen bekommt."
Benni nickte. „Ja, okay."
Sven wandte sich an die anderen.
„Schaut bitte auch mal nach, ob die Hufeisen eurer Pferde in Ordnung sind. Wenn was locker ist oder erneuert

werden muss, sag ich dem Schmied Bescheid, damit er sich darum kümmert. Die Hufeisen müssen fest sitzen, wenn ihr auf euren Ferienritt geht."

„Alles klar", antwortete Marie nickend.

Emily und Luca schauten sofort nach. Es war alles in Ordnung. Sie brachten ihre Pferde auf die Weide.

„Kommt ihr mit, das verlorene Hufeisen suchen?", fragte Benni.

Er und Luca hockten schon auf ihren Mountainbikes.

Marie und Emily schüttelten die Köpfe.

„Nee, lieber nicht", antwortete Marie. „Ich bin fix und fertig. Ich brauch unbedingt eine kalte Dusche."

„Ich auch!" Emily fuhr sich mit einer Hand über die verschwitzten Haare und stöhnte. „Zuerst die Dusche und danach ein Rieseneimer Zitronenlimo mit Eiswürfeln!"

Benni guckte ein bisschen enttäuscht.

„Sorry", sagte Emily, als sie es bemerkte. „Aber in den Wald bringen mich heute keine zehn Pferde mehr. Ihr müsst das Glückshufeisen leider alleine suchen."

„Ist doch kein Problem." Benni lächelte. Eigentlich hatte er auch keine große Lust, den ganzen Weg noch einmal abzufahren, aber der Gedanke an das Hufeisen ließ ihm einfach keine Ruhe.

„Wir suchen so lange, bis wir's gefunden haben", versprach Luca.
„Auf jeden Fall!" Benni nickte.
„Na dann, viel Glück!", rief Marie, als sie vom Hof rollten.
Emily tippte sich mit einem Finger an die Nasenspitze und machte ein nachdenkliches Gesicht.
„Ist es nicht ein bisschen merkwürdig, ihnen Glück zu wünschen? Das haben sie doch automatisch, wenn sie das Hufeisen finden, oder nicht?"
Marie verdrehte die Augen.
„Ich glaub, du musst wirklich schnell unter die kalte Dusche. Um das Glück und das Hufeisen kümmern wir uns, wenn die Jungs es haben, okay?"
„Okay!", lachte Emily. „Hauptsache, sie finden es überhaupt. Ein verlorenes Hufeisen in einem Wald aufzuspüren stelle ich mir fast so unmöglich vor wie die berühmte Stecknadel im Heuhaufen zu finden."
Marie gab ihr Recht. „Aber wenn Luca und Benni es tatsächlich finden, ist es der perfekte Glücksbringer für unseren Ritt. Dann kann nichts mehr schiefgehen."
Emily stimmte ihr zu. „Ich drücke beide Daumen, dass sie es ganz schnell finden!"

Die Beschwörung des Hufeisenorakels

Je näher der Wanderritt rückte, desto höher kletterten die Temperaturen. Die Pferde des Reiterhofs Brombeerhain dösten im Schatten der Weidebäume und ließen die Köpfe hängen, während sie mit trägem Wedeln der Schweife lästige Fliegen und Bremsen verscheuchten. Die beiden Stallkatzen Mina und Floh hatten sich irgendwo in der Scheune verkrochen und kamen erst in der Dämmerung heraus, um Mäuse zu jagen.
Auf dem Teich hinter der Fohlenweide paddelte ein Erpel. Ab und zu quakte er. Eine Ente antwortete ihm. Sie saß im Schilf auf einem Nest und brütete drei Eier aus. Schon bald würden die Küken schlüpfen.
In der Schule wurde in den letzten Tagen vor den Ferien

noch einmal richtig Gas gegeben. Das Schuljahr war bald zu Ende. Bei manchen ging es darum, die Zensuren zu verbessern.
Luca hatte in der letzten Mathearbeit eine glatte Fünf geschrieben, aber er ließ sich davon die Stimmung nicht vermiesen.
„Für eine Vier im Zeugnis reicht's", meinte er locker.
Auch Emily, Benni und Marie sahen ihren Zeugnissen ganz entspannt entgegen. Viel interessanter fanden sie den bevorstehenden Ferienritt.
Mit den Vorbereitungen waren sie inzwischen fertig. Die Route stand fest. Sie wollten in einem großen Halbkreis rund um den Brombeerhain reiten und dabei möglichst nur Reit- und Wirtschaftswege nutzen. Nach Bennis Plan mussten sie dabei kaum Straßen überqueren und konnten die meiste Zeit an der Küste entlang oder durch Waldgebiete reiten.
Sven war beruhigt, als er es erfuhr.
Lucas Mutter hatte sich wie versprochen um die Unterkünfte gekümmert und sie auf den Höfen angemeldet.
Auch das Training lief jetzt auf Hochtouren, wobei Luca einsehen musste, dass sein geplantes Konditionstraining vollkommen überflüssig war. Svens Trainingsplan war

anstrengend genug. Die vier fühlten sich perfekt vorbereitet und wollten gleich am ersten Ferientag starten. Sie konnten es kaum erwarten.
Nachdem Luca und Benni das verlorene Hufeisen tatsächlich wiedergefunden hatten, waren sie fest davon überzeugt, das Glück auf ihrer Seite zu haben – abgesehen vielleicht von Lucas Mathearbeit, aber die war im Moment wirklich nicht so wichtig.

Die Liste der Dinge, die sie mitnehmen wollten, wuchs von Tag zu Tag. Ihre Rucksäcke und Packtaschen wurden immer dicker und schwerer.
„Wenn's noch heißer wird, reicht es, wenn wir einfach unsere Badesachen anziehen. Auf alles andere können wir locker verzichten", meinte Marie eines Nachmittags.
Luca grinste. „Du willst im Bikini reiten? Wirklich?"
„Nee, natürlich nicht!" Marie warf ihm ein Stück Melonenschale an den Kopf.
Emily und Benni lachten.
Sie saßen im Schatten eines Baums und teilten sich eine Wassermelone, die sie gerecht geviertelt hatten.
Benni spuckte die Kerne in hohem Bogen in ein Blumenbeet.

„Cool, nächstes Jahr wachsen da bestimmt unsere eigenen Melonen", sagte er.
„Ja, total cool." Marie fächelte sich mit einer Hand Luft zu. „Nur blöd, dass die Dinger so langsam wachsen, sonst könnten wir ein paar als Proviant mitnehmen."
„Wassermelonen als Proviant für einen Wanderritt?" Luca zeigte ihr einen Vogel. „Wie willst du die denn transportieren?"
„Ich hab's nicht ernst gemeint", erwiderte Marie genervt.
„Menno, geh mal aus der Sonne!", maulte Luca zurück. „Ich glaub, die Hitze bekommt dir nicht!"
Marie streckte ihm die Zunge raus.
Emily verdrehte die Augen.
„Fangt jetzt bloß keinen Streit an", bat sie. „Und hört auf, am Wetter rumzumäkeln. Je schöner es ist, desto besser für uns. Schließlich dürfen wir nur reiten, wenn es nicht regnet. Schon vergessen?"
„'türlich nicht", sagte Marie sofort. „Regnen darf es wirklich nicht. Aber diese Affenhitze ist auch daneben. Meine Eltern befürchten inzwischen, dass es zu anstrengend sein könnte, bei diesen Temperaturen überhaupt loszureiten. Gestern Abend haben sie sich darüber unterhalten, ob sie mir den Ritt nicht doch noch verbie-

ten sollen. Wahrscheinlich haben sie Angst, ich könnte einen Sonnenstich oder einen Hitzschlag bekommen."
„Was? Nee, oder?", brauste Luca auf. „Ist das dein Ernst?
„Meiner nicht", erwiderte Marie zerknirscht. „Aber der meiner Eltern schon."
„Zuerst hatten sie Angst, dass du dich bei Regen erkältest, und jetzt befürchten sie das Gegenteil?" Luca raufte sich die Haare, die ohnehin schon in alle Richtungen abstanden.
„Reg dich wieder ab", versuchte Emily ihn zu beruhigen. „Bis zu den Sommerferien ist die Hitzewelle längst vorbei. Am Wochenende soll's ein Gewitter geben. Danach sinken die Temperaturen und wir haben perfektes Reitwetter."
„Woher willst du das wissen?", brummelte Luca.
„Das hat der Wettermann heute früh im Radio gesagt", grinste Emily.
„Perfektes Reitwetter? Das klingt gut!", fand Benni.
„Ja, hoffentlich", sagte Luca. „Sonst kommen Maries Eltern noch auf die blöde Idee und wollen uns begleiten. Ich seh sie direkt schon vor mir: Regenschirm und Schnupfenspray in der einen und Sonnenmilch und Sonnenhut in der anderen Hand!"

Benni und Emily kicherten.
Marie verzog beleidigt das Gesicht. „Ich kann doch nichts dafür, dass die so sind!“
„Stimmt.“ Luca gab ihr einen kleinen Stups. „Hoffen wir mal, dass die Wettervorhersage zutrifft.“
Benni wühlte in seinem Rucksack und zog Möwes Hufeisen heraus. Er betrachtete es lange. Dann rieb er mit der Handfläche darüber und murmelte: „Oh, du edler Glücksbringer für Ross und Reiter, bitte besänftige den großen Wettergott und stimme ihn gnädig! Ohmm.“
Luca streckte seine Hand ebenfalls aus und fing an zu summen. Mit den Fingerspitzen berührte er das Hufeisen. „Besänftige Maries garstige Eltern, du weises Hufeisenorakel, auf dass sie uns mit Regenschirmen, Sonnenmilch und ihrer Anwesenheit verschonen!“
Emily und Marie guckten sich an und kicherten, bevor sie das Hufeisen streichelten.
„Glück kann man nie genug haben“, meinte Emily.

Die Beschwörung des Hufeisenorakels schien zu wirken. Nach einem heftigen Gewitter sanken die Tempe-

raturen. Und noch ein Wunder geschah: Lucas Zeugnis fiel besser aus, als er befürchtet hatte.
„Wow!", staunte er, als er es entgegennahm. „Dieser Hufeisengott hat's echt drauf!"
Herr Mayerhof guckte ihn verwirrt an. Luca lachte nur und stopfte das Zeugnis in seinen Rucksack. Und dann ging es endlich los!

Mit angespannten Gesichtern saßen die vier Freunde am nächsten Morgen in den Sätteln ihrer Pferde. Sie gurteten noch einmal nach und kontrollierten anschließend ein letztes Mal das Gepäck. Jeder von ihnen trug einen Rucksack. Luca und Benni hatten zusätzlich ihre Satteltaschen gepackt. Marie schielte etwas blass unter ihrem Reithelm hervor. Sie hatte das Gesicht extra dick mit Sonnencreme eingeschmiert.
„Du siehst aus wie eine reitende Leiche in einem Zombie-Film", bemerkte Luca.
„Wenigstens krieg ich keinen Sonnenbrand", entgegnete Marie trocken. „Im Gegensatz zu dir."
Emily rutschte nervös hin und her. Sie konnte es kaum noch aushalten. Toffy ließ sich von ihrer Unruhe nicht anstecken. Er gähnte und schüttelte den Kopf.

Obwohl es früh am Morgen war, lief Sven aufgeregt hin und her und verteilte gute Ratschläge.
Auch Emilys, Maries, Bennis und Lucas Eltern waren gekommen, um sich zu verabschieden. Bennis Mutter verteilte Süßigkeiten für unterwegs. Maries Vater schwieg sorgenvoll.
„Du rufst jeden Abend zur verabredeten Zeit an. Nicht vergessen“, sagte Maries Mutter.
„Ja, Mama. Nein, Mama“, seufzte Marie.
Luca wendete seinen Schecken.
„Wenn wir nicht bald losreiten, wird's nichts mehr mit unserem Ritt. Dann geht das den ganzen Tag so weiter“, raunte er Benni zu. Der grinste.
„Auf geht's!“, rief Sven schließlich.
Er gab Möwe einen Klaps auf die Kruppe. Sie machte einen Satz vorwärts und prustete erschrocken.
Benni lachte.
Als wäre das das Signal zum Aufbruch gewesen, setzte sich die Abteilung in Bewegung. Luca und Bonito übernahmen die Tete und trabten voraus.
Die Hufeisen der Pferde klapperten auf der Hofeinfahrt. Marie, Emily, Benni und Luca drehten sich um und winkten.

„Adios!“, rief Luca. Er nahm die Zügel in eine Hand und stellte sich in die Steigbügel. Bonito tänzelte seitwärts.
„Zieh bloß nicht so ’ne Show ab“, kicherte Marie. „Sonst sitzt du im Graben, bevor wir um die Ecke gebogen sind.“
Luca setzte sich wieder hin und richtete Bonito geradeaus.
Sie trabten die Einfahrt hinunter. Ab und zu warf einer von ihnen einen Blick zurück. Schon bald verschwand der Reiterhof hinter einer Kurve.
„Jetzt geht’s los, Dicker!“, raunte Emily Toffy zu. Ihr Herz klopfte wie wild. Sie tätschelte ihrem Rappen den Hals. Toffy schnaubte zufrieden und ging brav voran.
Emily konnte es noch gar nicht richtig fassen, dass der Ferienritt jetzt wirklich losging. Die letzten Tage waren wie im Flug vergangen.
Sie warf Benni einen Blick zu. Der lächelte.
„Cool, oder?“, sagte er. „Nur wir und unsere Pferde!“
Emily blinzelte in die Sonne und nickte. Sie fühlte sich rundherum einfach nur glücklich.
Als der Weg in den Wald überging, ließen sie die Pferde im Schritt am langen Zügel gehen. Sie hatten keinen Grund zur Eile. Der ganze Tag lag vor ihnen.

Es war einfach herrlich, so durch den Sommerwald zu bummeln. Die Pferde spitzten die Ohren und wandten die Köpfe mal nach links, mal nach rechts. Mit trägem Wedeln ihrer Schweife verjagten sie die Mücken.
Möwe schnappte im Vorbeigehen nach einem tief hängenden Ast und riss ein paar saftige Blätter ab. Giftgrüne Schaumflocken tropften auf ihre Brust.
„Findest du's gut, ihr das zu erlauben?", wandte sich Marie an Benni. Sie deutete mit der Gerte auf Möwes Zaumzeug. „Sie sabbert alles voll. Ist ja eklig!"
Benni winkte lässig ab. „Keine Panik, das mach ich später alles wieder sauber. Hey, wir haben Ferien! Entspann dich mal!"
Marie machte ein verkniffenes Gesicht. Als Robbie versuchte ebenfalls ein paar Blätter abzurupfen, nahm sie schnell die Zügel kürzer.
Benni kicherte leise.
„Wie heißt eigentlich unser erstes Ziel?", fragte Emily. Sie hatten die Route zwar ausführlich besprochen, aber die Einzelheiten konnte sie sich einfach nicht merken.
„Gut Rabenholz", erwiderte Luca über die Schulter. „Wenn wir unseren Zeitplan einhalten, sind wir irgendwann am späten Nachmittag da."

„Hört sich gut an", meinte Benni. „Gibt es da Pferde?"
„Jepp", machte Luca. „Eine kleine Privatzucht."
„Wow, cool!", sagte Marie. „Hoffentlich dürfen wir im Stall schlafen!"
„Schön wär's", nickte Luca. Er drehte sich halb im Sattel um. „Hier geht es ein ganzes Stück geradeaus. Wollen wir mal galoppieren?"
„Klar!", riefen die anderen sofort.
Luca legte die Schenkel an. Bonito fiel in einen lockeren Galopp. Die anderen folgten ihm.
Der Weg war breit, der Untergrund weich. Er federte die Galoppsprünge ab. Nur das zufriedene Schnauben der Pferde war zu hören und hin und wieder das helle Klingeln eines Steigbügels. Sie galoppierten tiefer in den Wald hinein. Weit und breit war keine Menschenseele zu sehen. Irgendwo klopfte ein Specht.
Als die Bäume sich schließlich lichteten und das graue Band einer Straße durch das Dickicht schimmerte, hielten sie an.
„Das ist die Bundesstraße." Luca zeigte nach vorn. „Da müssen wir leider rüber. Zum Glück ist es heute die einzige Straße auf unserem Weg."
„Lasst uns absitzen", schlug Emily vor.

Sie hatten verabredet Straßen zu Fuß zu überqueren. Es war zu gefährlich, zu viert hintereinander eine breite, unübersichtliche Fahrbahn zu überqueren. Obwohl ihre Pferde straßensicher waren, bestand immer das Risiko, dass eins von ihnen scheute.
Toffy drehte die Ohren nach vorn, als hinter den Bäumen ein Lastwagen vorbeidonnerte.
Emily ließ sich von seinem Rücken gleiten und legte die Steigbügel über den Sattel, damit sie nicht gegen seinen Bauch schlugen. Dann zog sie die Zügel über seinen Kopf und fasste sie unter seinem Kinn zusammen.
„Alles klar?“, wandte sie sich an die anderen.
Luca, Benni und Marie standen neben ihren Pferden und nickten. Sie warteten, bis kein Auto mehr zu sehen war. Unter Lucas Führung überquerten sie anschließend die Straße und führten die Pferde noch ein ganzes Stück weiter, bevor sie wieder aufsaßen.
„Hey, wollen wir nicht schwimmen gehen?“, fragte Benni plötzlich.
„Super Idee! Der Strand muss ganz in der Nähe sein. Wir müssen nur einen Zugang finden.“ Luca schnalzte mit der Zunge.
Nach wenigen Minuten entdeckten sie einen Pfad.

Sie saßen wieder ab. Hinter dornigen Hagebuttensträuchern blitzte das Meer auf.
Möwe hob den Kopf und wieherte. Toffy drängte so energisch vorwärts, dass Emily Mühe hatte, ihn festzuhalten. In seinen Augen blitzte es auf, als er den Sand unter seinen Hufen spürte und das Meer vor sich sah.
In Windeseile nahmen sie den Pferden Zaumzeuge, Sättel und Packtaschen ab. Dann ließen sie die Rucksäcke fallen und schlüpften aus Reithosen, T-Shirts und Reitstiefeln. Weil sie wussten, dass sie heute am Strand entlangreiten würden, hatten sie ihre Badesachen schon untergezogen.
Ohne zu zögern, sprangen sie in die Wellen und spritzten sich gegenseitig nass.
Toffy stapfte hinter ihnen her. Eine Weile patschte er nur am Ufer herum, dann folgte er ihnen in das tiefere Wasser und umkreiste sie schnaufend und prustend.
Die anderen Pferde bummelten über den Strand.
Irgendwann ging Robbie in die Knie nahm ein Sandbad. Marie lachte, als sie es sah.
„Am liebsten würde ich hierbleiben.“ Emily legte sich auf den Rücken und ließ sich von den Wellen tragen. „Wir könnten unsere Schlafsäcke am Strand ausrollen,

ein Lagerfeuer anzünden und morgen früh würde uns die Sonne wecken."

„Ja, das wär echt schön", meinte Marie. Sie schwamm um Emily herum. „Aber leider werden wir auf dem Gut erwartet. Wenn wir da nicht pünktlich auftauchen, schicken die garantiert einen Suchtrupp los."

Luca tauchte unter und kam ein Stück entfernt wieder an die Oberfläche. Benni warf ihm ein Büschel Seetang an den Kopf. Luca rächte sich, indem er ihn unter Wasser drückte. Im Nu tobte eine wilde Wasserschlacht.

„Genug!", rief Benni schließlich atemlos. „Müssen wir nicht langsam weiter? Sonst schaffen wir die erste Etappe nie."

Luca nickte und schwamm ans Ufer. Dort schüttelte er sich das Wasser aus den Haaren. „Bloß das nicht. Dann haben wir in null Komma nichts Maries Eltern an der Backe."

„Haha, witzig!" Marie drehte ihren Pferdeschwanz zu einem nassen Strang zusammen und wrang ihn aus. Dabei warf sie Luca einen finsteren Blick zu.

Der zog grinsend den Kopf ein.

„Kein Stress in den Ferien!", rief Marie fröhlich. „Dazu sind sie viel zu schön!"

Das einsame Pferd

Müde vom Schwimmen und hungrig von der frischen Luft ging es schließlich auf das letzte Stück der Tagesetappe. Emily zog eine Rolle Kekse aus ihrem Rucksack. Sie angelte sich zwei heraus und warf die Packung dann Marie zu. Die nahm sich ebenfalls zwei Kekse und reichte die Packung anschließend an die Jungs weiter.
Emily beugte sich nach vorn und brach ein Stückchen Keks für Toffy ab. Er knurpselte ganz zufrieden darauf herum. Doch plötzlich stemmte er seine Hufe in den Boden und blieb mitten auf dem Weg stehen. Emily rutschte ihm fast auf den Hals. Sie schnalzte mit der Zunge und legte beide Schenkel an, doch er weigerte sich beharrlich weiterzugehen.
„Halt!", rief Emily den anderen zu. „Toffy spielt Esel!"

Luca, Benni und Marie brachten ihre Pferde zum Stehen.
„Was ist denn los?“, fragte Marie.
„Keine Ahnung“, grummelte Emily. „Vielleicht hat ihn was gestochen. Los, du Dickschädel!“, sagte sie zu Toffy, aber der senkte nur den Kopf.
„Zuerst Walross, jetzt Esel … Dein Pferd ist ganz schön vielseitig!“ Luca grinste.
Emily warf ihm einen genervten Blick zu. Ihre Wangen waren gerötet.
Benni wendete Möwe und ritt an ihre Seite. Er wollte gerade nach Toffys Zügeln greifen, als Möwe einen Sprung zur Seite machte. Benni glitt um ein Haar aus dem Sattel.
„Was ist denn jetzt kaputt?“, fragte er verdattert und rappelte sich wieder hoch. Sein Blick fiel dabei zufällig durch das dichte Gewirr der Sträucher am Wegesrand.
„Moment mal … Was ist das denn?“
Er ließ sich von Möwes Rücken gleiten, ging langsam auf das Gebüsch zu und zog eine Ranke zur Seite.
„Was ist los?“, rief Emily ihm zu. „Was suchst du da?“
Toffy spitzte die Ohren und brummelte leise. Zu Emilys Erstaunen wurde das Brummeln von der anderen Seite des Gebüschs erwidert.

„Da steht ein Pferd!“, verkündete Benni.
Luca verzog das Gesicht.
„Na, super! Es soll vorkommen, dass hier in der Gegend Pferde auf der Koppel stehen. Können wir jetzt vielleicht weiterreiten?“
Marie hielt ihn zurück.
„Warte doch mal! Was ist es denn für eins?“ Sie stellte sich in die Steigbügel und reckte den Hals.
Luca rollte mit den Augen, aber Marie achtete gar nicht auf ihn.
„Kommt mal her! Das müsst ihr euch unbedingt ansehen“, rief Benni. Er war inzwischen halb in den Büschen verschwunden. Seine Stimme klang eindringlich.
Luca warf Emily und Marie einen fragenden Blick zu, dann saß er ab. Bonitos Zügel legte er auf den Boden. Der Schecke war so gut erzogen, dass er stehen blieb.
Marie und Emily folgten Lucas Beispiel. Neugierig schlüpften sie hinter ihm her durch das Gebüsch.
Benni stand einfach nur da und deutete wortlos nach vorn.
„Boah!“, entfuhr es Luca.
„Oh nein!“, stöhnte Emily auf.
Marie schlug sich eine Hand vor den Mund.

Vor ihnen stand ein kleines Pferd. Das ehemals weiße Fell der Stute war schmutzig und stumpf. Ihre Mähne und der Schweif sahen verfilzt und fusselig aus und waren von Kletten übersät. Mit traurigen Augen, von Fliegen und Bremsen umschwirrt, blickte die Stute den vier Freunden entgegen.

„Schaut euch mal ihre Hufe an“, flüsterte Emily. Sie war den Tränen nahe. Ganz langsam streckte sie die Hand aus. Die kleine Stute hob die Nase und schnupperte daran.

Marie sah sofort, was Emily meinte. Die Hufe der Stute waren trocken und eingerissen. In einem der Hinterhufe war ein schmaler Spalt zu sehen.

„Wie lange da wohl kein Schmied mehr dran war?“, murmelte Benni. Er machte einen Schritt nach vorn. Die Stute wich sofort vor ihm zurück, aber Benni brummte ihr beruhigend zu: „Hey, ganz ruhig. Wir tun dir nichts.“

Müde wandte die Schimmelstute den Kopf und holte tief Luft. Ihre eingefallenen Flanken hoben und senkten sich mühsam. Es hörte sich an, als würde sie seufzen.

„Wir müssen was tun! Wir können sie doch nicht einfach hier stehenlassen!“, sagte Emily.

Sie schauten sich um. Die Koppel war abgegrast. Das wenige Gras, das noch wuchs, war gelb und verdorrt. Etwas entfernt stand eine alte Badewanne, die als Pferdetränke dienen sollte. Luca warf einen Blick hinein. Eine trübe, bräunliche Pfütze bedeckte den Boden. Zwei mickrige Bäume spendeten spärlichen Schatten. Der größte Teil der mit rostigem Stacheldraht umzäunten Weide lag in der prallen Sonne.
Mit gerunzelter Stirn wandte Luca sich zu den anderen um.
„Verdammt!", stieß er hervor. „Das ist Tierquälerei!"
Seine Freunde gaben ihm sofort Recht.
„Aber was wollen wir jetzt machen?", fragte Marie unglücklich.
„Wir rufen die Polizei an", schlug Benni vor. „Oder den Tierschutzverein. Am besten gleich beide."
„Super Idee!", nickte Emily. „Gibst du mir dein Handy? Ich ruf da sofort an!"
„Moment", sagte Luca. Er schüttelte den Kopf. „Vielleicht sollten wir zuerst mal herausfinden, wem das Pferd überhaupt gehört. Ich würde diesem Tierquäler gerne persönlich meine Meinung sagen."
Marie warf ihm einen Blick zu. „Und was willst du mit

dem Typen machen? Ihn verprügeln vielleicht? Das bringt doch nichts! Damit helfen wir der Stute nicht weiter. Im Gegenteil, du bekommst höchstens mächtigen Ärger."

„Stimmt", meinte Emily nachdenklich. „Das bringt wirklich nichts. Aber den Besitzer ausfindig zu machen ist ein guter Plan, finde ich. Dann könnten wir seinen Namen und seine Adresse an den Tierschutzverein und die Polizei weitergeben, sobald wir sie informieren."

„Der Kerl wohnt garantiert hier irgendwo in der Nähe." Bennis Stimme klang böse. Emily nahm seine Hand und strich leicht über die Fingerknöchel.

Sie warfen dem fremden Pferd einen letzten Blick zu und schlüpften dann zurück auf den Weg. Die Schimmelstute senkte den Kopf und zupfte an einem vertrockneten Grasbüschel.

„Wenigstens frisst sie", sagte Emily. „Das ist doch ein gutes Zeichen, oder?"

Marie nickte.

„Ist es noch weit bis zum Gut Rabenholz?", fragte sie. „Vielleicht können wir da ja irgendwas herausfinden. Pferdebesitzer kennen doch meistens jedes Pferd in der Umgebung."

Luca, Benni und Emily stimmten ihr zu.
„Du hast Recht." Luca hob Bonitos Zügel auf. „Es ist nicht mehr weit bis zu dem Gutshof. Vielleicht eine Viertelstunde."
„Worauf warten wir dann noch?" Benni schwang sich in den Sattel.
Die kleine Stute wieherte leise.
Emily zerriss es fast das Herz, als sie es hörte. Am liebsten wäre sie bei ihr geblieben. Aber das ging nicht. Sie mussten Hilfe holen – und zwar schnell!
Sie saß auf und folgte den anderen. Dieses Mal bockte Toffy nicht. Er schien zu spüren, dass es um etwas Wichtiges ging.

Auf Gut Rabenholz wurden sie von einer jungen Frau in Empfang genommen.
„Herzlich willkommen! Ich bin Carolin, eure Gastgeberin. Schön, dass ihr da seid."
„Danke", sagte Emily.
Sie brachten ihre Pferde auf eine Koppel hinter dem Haus. Dann führte Carolin sie in den Stall. Sie öffnete

eine freie Box, in der eine Lage Stroh frisch aufgeschüttet war.
„Hier könnt ihr eure Schlafsäcke ausrollen. Unsere Pferde stehen im Sommer Tag und Nacht draußen. Ihr habt den ganzen Stall für euch allein. Badezimmer und Toilette sind im Gutshaus. Da gibt es auch Abendessen und Frühstück."
Emily, Marie, Luca und Benni schauten sich neugierig um. Alles war sehr sauber und ordentlich und machte einen gepflegten Eindruck.
„Vielen Dank, dass wir hier übernachten dürfen", sagte Luca.
„Das ist echt super", nickte Benni.
„Ich freu mich, wenn ihr euch wohlfühlt", erwiderte die Hausherrin. „Schade, dass ihr nur eine Nacht bleibt. Ich finde es toll, dass ihr einen Ferienritt macht. Meine Eltern hätten mir das nie erlaubt. Jetzt lass ich euch aber erst mal allein. Wenn ihr Hunger habt, kommt rüber in die Küche. Folgt einfach euren Nasen!" Sie winkte und drehte sich um.
„Wieso haben wir sie nicht nach der Stute gefragt?", flüsterte Marie den anderen zu.
„Weil es blöd wäre, gleich mit der Tür ins Haus zu fal-

len“, erwiderte Luca. „Bestimmt ergibt sich später eine bessere Gelegenheit.“

„Luca hat Recht“, sagte Benni. „Lasst uns zuerst die Pferde versorgen. Dann duschen wir, ziehen uns um und rufen unsere Eltern an, damit sie wissen, dass wir heil angekommen sind. Einverstanden?“

Emily, Marie und Benni nickten.

Sie holten ihre Rucksäcke, stellten sie in die leere Box und gingen anschließend zu ihren Pferden, um sie zu füttern. Carolin hatte ihnen gezeigt, wo sie Futtereimer, Hafer und Heu finden konnten.

Toffy und Bonito hoben die Köpfe und wieherten. Möwe und Robbie standen etwas abseits und grasten Seite an Seite.

„Ich muss die ganze Zeit an die arme Stute denken.“ Emily seufzte, während sie Toffy einen Eimer Pellets hinhielt. Er versenkte die Nase darin und begann genüsslich zu schmatzen.

„Ich auch“, gab Marie zu. „Wie können wir ihr nur helfen?“

„Wir müssen ihren Besitzer ausfindig machen und ihn zur Rede stellen“, sagte Luca. „Vielleicht ist er vernünftig. Wenn nicht, müssen wir wirklich die Polizei alarmieren."

„Und den Tierschutzverein", fügte Benni hinzu. „Wie kann man ein Pferd nur so schlimm vernachlässigen? Ich versteh das nicht!"

„Es gibt genug Idioten, für die ein Pferd nur eine Sache ist. So etwas wie ein Sportgerät", sagte Marie. „Zuerst finden sie's toll. Aber wenn das Interesse verfliegt oder ihnen die Arbeit zu viel wird, lassen sie's links liegen und kümmern sich nicht mehr darum."

„Also ob ein Pferd ein Gegenstand ist!" Emily schnaubte. „Pferde sind doch keine Tennisschläger oder Fußbälle! Pferde sind fühlende Lebewesen! Sie sind total sensibel und –"

Sie brach ab und zuckte hilflos mit den Schultern. Ihre Freunde wussten auch so, was sie sagen wollte.

„Ich hab vor ein paar Tagen in der Zeitung gelesen, dass es immer mehr Pferdebesitzer gibt, die das Futter und den Unterhalt nicht mehr bezahlen können", erzählte Benni. „Stellt euch mal vor, ihr habt ein Pferd und werdet arbeitslos oder krank. Dann habt ihr plötzlich nicht mehr genug Geld. Aber die ganzen Unkosten laufen trotzdem weiter."

„Klar. Ein Pferd ist ganz schön teuer", sagte Emily nachdenklich. „Mein Vater hat mir das neulich erst wieder vorgerechnet. Es ist ja nicht nur der Kaufpreis, sondern auch die ganzen monatlichen Kosten. Der Stall, das Futter, der Schmied, der Tierarzt, die Ausrüstung …"

„Da kommt ganz schön was zusammen", bestätigte Luca.

„Trotzdem würde ich lieber auf alles andere verzichten, als mein Pferd zu vernachlässigen." Marie streichelte Robbies Nase. Er fuhr mit der Zunge über ihre Hand.

„Ich auch!" Emily zupfte Toffys Mähne zurecht und lächelte, als er sie anstupste.

„So einfach ist das aber manchmal nicht", wandte Luca ein.

„Nein, das können wir uns gar nicht vorstellen, glaub ich", sagte Benni. „In Norddeutschland gibt es sogar schon eine Pferdeklappe. Da können Pferdebesitzer ihre Pferde abgeben, wenn sie sich nicht mehr um sie kümmern können. Niemand fragt nach dem Grund. Man kann sein Pferd da sogar anonym auf einer Weide abstellen. Ein Verein kümmert sich dann um die Tiere. Sie werden untersucht und aufgepäppelt und irgendwann in gute Hände vermittelt."

„Tolle Idee!“, meinte Marie.
„So was sollte es überall geben“, nickte Emily. „Dann würde es so etwas, wie wir vorhin gesehen haben, vielleicht nicht mehr geben.“
Toffy, Robbie, Bonito und Möwe drehten sich um und bummelten davon. Emily zog die Schultern hoch. „Wollen wir Abendbrot essen? Ich hab echt Hunger.“
„Ich auch“, sagte Marie.
„Und wir erst!“, riefen Luca und Benni gleichzeitig.

„Eine kleine Schimmelstute, sagt ihr?“ Carolin runzelte die Stirn, während sie einen Pfannkuchen wendete.
Emily, Marie, Luca und Benni hockten an einem Tisch in der Küche des Gutshauses. Sie hatten ihre Gastgeberin nach dem einsamen Pferd gefragt und ließen sich jetzt das Abendbrot schmecken. Einen Stapel Eierpfannkuchen hatten sie schon verdrückt. Dazu gab es selbst gemachtes Apfelkompott und kalte Milch. „Frisch von der Kuh“, wie Carolin betont hatte.
„Ein Pony oder Kleinpferd“, mümmelte Luca zwischen zwei Bissen. „Vielleicht eine Connemarastute. So genau

konnten wir das wegen dem ganzen Dreck leider nicht erkennen."

„Ich kenne eine Familie in Moorkamp, die mal ein Pony hatte", sagte Carolin. „Allerdings dachte ich, das wäre längst verkauft worden."

Sie stellte einen Teller mit frischen Pfannkuchen auf den Tisch und wischte sich die Hände an ihrer Schürze ab.

„Moorkamp? Liegt das nicht an unserer Route?", fragte Emily.

„Ja, wir reiten morgen in die Richtung", sagte Benni. Er wandte sich an Frau Herbst. „Weißt du zufällig, wie die Leute heißen und wo sie wohnen?"

„Nein, leider nicht. Aber ich kann nachher meinen Mann fragen, wenn er vom Feld kommt", erwiderte Carolin. „Wolfgang kennt hier jeden."

Emily und Marie wechselten einen Blick. Das bedeutete wohl, dass sie heute nichts mehr unternehmen konnten. Sie brauchten unbedingt Namen und Adresse. Nach Moorkamp würden sie erst irgendwann im Laufe des nächsten Tages kommen.

„Die arme Kleine", murmelte Marie. „Können wir nicht irgendwas für sie tun? Jetzt sofort! Nicht erst morgen."

„Was haltet ihr davon, wenn wir gleich noch mal zu ihr

gehen?" Benni lächelte. „Wir könnten ein paar Pellets und einen Eimer Hafer mitnehmen."

„Ja, klar!", rief Emily. „Am besten nehmen wir auch unser Putzzeug mit! Dann können wir sie striegeln und kämmen und ein bisschen verwöhnen."

Sie beugte sich vor und gab Benni einen Kuss.

Benni grinste.

„Den Hafer spendiere ich", sagte Carolin. „Nehmt euch aus der Futterkammer alles, was ihr braucht. Hafer, ein paar Rüben, Kraftfutter. Aber passt auf, dass ihr das Pferd nicht überfüttert. Wenn es längere Zeit nichts Anständiges gefressen hat, kann es eine Kolik bekommen. Sobald mein Mann nach Hause kommt, frage ich ihn nach den Besitzern." Sie schüttelte den Kopf und fing an die Teller zusammenzustellen. „Da denkt man, man kennt die Leute in der Gegend, und dann so was! Ich kann mir gar nicht vorstellen, dass es hier bei uns Tierquäler gibt."

„Tja", sagte Luca und zuckte mit den Schultern. Mehr fiel ihm dazu nicht ein.

Schwer bepackt verließen die vier kurz darauf den Hof. Luca trug einen Futtersack. Benni mühte sich mit einem

Heuballen ab. Marie und Emily schleppten einen Eimer mit Pellets und Rübenschnitzen und eine Putzkiste mit dem Nötigsten. Sie kamen sich vor wie Nikoläuse auf dem Weg zur Bescherung.

„Fehlt nur noch der Schnee", grinste Emily.

„Schnee?" Luca machte ein entsetztes Gesicht. „Bloß das nicht! Maries Eltern würden komplett ausflippen!"

Die anderen lachten.

„Kommt es mir nur so vor oder ist der Weg irgendwie länger als vorhin?" Marie stöhnte auf.

„Vorhin sind wir geritten", entgegnete Benni.

„Es ist nicht mehr weit." Luca deutete mit dem Kinn nach vorn. „Gleich hinter der nächsten Biegung müsste es sein."

„Da ist die Hecke!", rief Emily. Sie ging ein bisschen schneller.

Als sie das Gebüsch und den schmalen Durchgang erreichten, ließ Benni den Heuballen fallen.

Emily schob ihren Kopf durch das Dickicht.

„Hey, Kleine", lockte sie leise. „Komm her! Wir haben dir was mitgebracht."

Die Schimmelstute stand am Ende der Weide und hob den Kopf. Scheu musterte sie die Mitbringsel, die die

vier durch die Hecke und über den Zaun auf die Weide bugsierten.
Benni öffnete die Bänder und lockerte das Heu auf. Luca schüttete etwas Hafer aus einem Sack auf den Boden. Marie hielt der Stute den Eimer mit den Pellets und Rüben hin. Emily setzte sich auf die Putzkiste. Sie hielt beide Daumen fest gedrückt und wartete gespannt.
Die Stute machte den Hals lang und schnupperte. Ganz langsam setzte sie einen Huf vor den anderen und kam näher. Die Freunde hielten gespannt die Luft an.
Nach einem weiteren zögernden Schritt hatte die Stute den Eimer erreicht. Sie senkte die Nase hinein und schnoberte darin herum. Als mahlende Kaugeräusche zu hören waren, hätte Marie am liebsten laut gejubelt, aber sie blieb ganz still stehen und hielt einfach nur den Eimer fest. Sie wollte das Pferd auf keinen Fall erschrecken.
Als der Eimer leer war, schaute die Stute auf. Marie glaubte fast, so etwas wie Dankbarkeit in den dunklen Augen zu erkennen, aber vielleicht bildete sie sich das auch nur ein. Als sie eine Hand ausstreckte und versuchte dem Pferd über die Stirn zu streichen, wich es sofort zurück.

Benni griff in das Heu und raschelte leise damit. Wieder machte die Stute einige zaghafte Schritte, schnupperte zuerst nur, um schließlich die Nase in das verlockende Futter zu stecken.
Luca hielt ihr eine Handvoll Hafer hin. Sie nahm es mit weichen Lippen und kaute.
Emily stand ganz langsam auf und öffnete die Putzkiste. Sie nahm eine Kardätsche heraus und ging damit auf die Schimmelstute zu. Als sie die Hand ausstreckte und mit der Bürste leicht über das verkrustete Fell fuhr, zuckte die Stute zwar zusammen, aber sie blieb stehen.
Emily grinste zufrieden.
Benni reckte einen Daumen nach oben.
Mit angehaltenem Atem fing Emily an, das schmutzige Fell zu bürsten. Sie ging dabei ganz sanft vor und achtete darauf, nicht zu fest zu schubbern, um den Dreck zu lösen.
Marie holte einen Plastikstriegel aus der Kiste. Leise murmelnd stellte sie sich auf die andere Seite der Stute und begann dort mit der Arbeit.
Dem kleinen Pferd schien es zu gefallen. Noch immer Heu und Hafer mahlend hielt es ganz still und drehte aufmerksam die Ohren. Mal wurden sie nach vorne ge-

spitzt, wo Benni und Luca standen. Dann drehten sie sich nach hinten oder zur Seite zu Emily und Marie. Ab und zu wedelte die Stute mit dem Schweif oder wechselte das Gewicht von einem Huf auf den anderen.

„Ist das eigentlich erlaubt, was wir hier machen?“, fragte Benni nach einer ganzen Weile.

„Du meinst, dass wir eine fremde Koppel betreten haben, um ein fremdes Pferd zu füttern und zu putzen?“, fragte Luca. „Keine Ahnung. Wahrscheinlich nicht. Ist mir aber auch egal. Oder würdest du's dir verbieten lassen?“

„Nee, natürlich nicht!“ Benni betrachtete die Schimmelstute, die sich unter den Bürstenstrichen immer mehr entspannte. „Ich hoffe nur, wir finden morgen etwas über den Besitzer heraus. Wir helfen dem Pferd schließlich nicht, wenn wir es nur heute mal verwöhnen und es danach wieder seinem Schicksal überlassen.“

Emily stimmte ihm zu.

„Dann müssen wir eben dafür sorgen, dass es ihm immer so gut geht wie heute. Es darf nicht mehr auf dieser öden Koppel stehen. Ganz allein, ohne Futter und ohne Pflege. Pferde sind Herdentiere. Die Stute braucht unbedingt Freunde!“

„Es ist echt gemein, ein Pferd allein zu halten", nickte Luca. „Jeder kann sich eins anschaffen und damit machen, was er will. Wenn wir nicht zufällig hier vorbeigekommen wären –"

Er sprach nicht weiter. Die anderen wussten genau, was er meinte: Wenn sie die Stute nicht zufällig entdeckt hätten, wäre sie vielleicht zu Grunde gegangen und niemand hätte es gemerkt.

Emily schluckte einen Kloß herunter, der sich in ihrer Kehle gebildet hatte.

„Wir helfen dir", flüsterte sie der Stute zu. „Wir lassen dich nicht im Stich. Du kannst dich auf uns verlassen!"

Die Stute hob den Kopf und stupste sie freundlich an.

Emily lächelte. Sie wusste, dass sie und ihre Freunde ihr Versprechen halten würden. Was auch geschehen sollte und welche Hindernisse sich ihnen in den Weg stellen sollten: Sie würden diesem einsamen Pferd helfen.

Das beste Mittel gegen Heimweh

Am nächsten Morgen wachten die vier Freunde schon beim ersten Hahnenschrei auf.
„Ich hab sooo gut geschlafen!“ Marie streckte sich wie eine Katze und schnurrte auch so.
Neben ihr tauchte Emilys Haarschopf aus dem Schlafsack hervor. „Ich auch“, sagte sie und gähnte.
„Wie ist das Wetter?“, fragte Luca. Seine Stimme klang brummig und noch ziemlich verschlafen.
Benni rieb sich die Augen, bevor er sich aus seinem Strohbett wühlte, um einen Blick aus dem Stallfenster zu werfen. „Ein bisschen neblig“, stellte er fest. „Aber die Sonne scheint.“
„Perfekt“, meinte Luca. „Der Nebel verzieht sich garantiert noch. Wollen wir frühstücken gehen oder ist es zu früh?“

„Also, ich hab Hunger“, sagte Emily und sprang auf. Sie schüttelte sich das Stroh aus den Haaren.
„Dann los! Raus aus den Federn!“ Marie packte einen Zipfel von Lucas Schlafsack und zog daran.

Eine halbe Stunde später waren sie mit dem Frühstück fertig. Carolin hatte Brötchen aufgebacken, selbst gemachte Marmelade serviert und Kakao gekocht.
„Stehst du eigentlich immer so früh auf?“, fragte Benni und unterdrückte ein Gähnen.
„Ja, klar. Besonders im Sommer gibt es viel zu tun. Mein Mann ist schon lange auf dem Feld.“ Carolin lächelte.
Die vier standen auf und bedankten sich. Dann gingen sie in den Stall, packten ihre Siebensachen und holten anschließend die Pferde von der Weide.
Als sie abmarschbereit auf dem Hof standen, kam Carolin aus dem Haus und reichte Luca einen Zettel.
„Hier ist die Adresse von Familie Schneider in Moorkamp. Mein Mann ist sich sicher, dass sie im letzten Jahr ein Pony für die Kinder gekauft haben. Allerdings hat er keine Ahnung, wo es steht und ob sie es überhaupt noch besitzen. Vielleicht können euch die Schneiders mehr dazu sagen.“ Carolin dachte kurz nach und kritzelte

schnell noch etwas auf die Rückseite des Zettels. „Das ist unsere Telefonnummer. Wenn es Probleme gibt, ruft an. Wir helfen euch gerne. Wolfgang war ziemlich sauer, als ich ihm von eurer Entdeckung erzählt habe. Er hasst Tierquäler genauso wie ich. Wir haben gerade erst die Jagd auf unseren Feldern verbieten lassen. Die Tiere sollen sich bei uns wohlfühlen und nicht geschossen werden."

„Vielen Dank!" Luca faltete den Zettel zusammen, stopfte ihn in seine Jackentasche und schwang sich auf Bonitos Rücken, ohne die Steigbügel zu benutzen.

Die anderen saßen schon in den Sätteln. Die Pferde traten unruhig hin und her und drängten zum Aufbruch. Toffy wieherte.

„Gleich geht's los", sagte Emily und strich ihm über den Mähnenkamm. Sie seufzte. Der Gedanke an die einsame Stute ließ sie einfach nicht mehr los. Sie hatte in der letzten Nacht sogar von ihr geträumt. Sie wollte die Schimmelstute von der Koppel holen, aber jedes Mal, wenn sie sie im Traum durch das Gatter führen wollte, schlug das Tor vor ihrer Nase zu. Fast so, als wollte jemand verhindern, dass sie das Pferd retteten.

Emily schüttelte den Kopf und versuchte nicht mehr an den Albtraum zu denken.
Carolin winkte zum Abschied.
„Passt auf euch auf!“, rief sie, als die Pferde vom Gutshof trabten. „Und kommt mal wieder vorbei! Ihr seid jederzeit herzlich eingeladen.“
Marie, Emily, Benni und Luca drehten sich um und winkten zurück.
„Vielen Dank!“, rief Marie. „Bis bald!“
Sie schlugen den Reitweg in Richtung Moorkamp ein und ließen die Pferde angaloppieren.
In der Ferne rumpelte ein Mähdrescher über die Landstraße. Toffy machte einen Bocksprung.
Emily klopfte ihm den Hals und lachte. „Der tut dir nichts.“
Toffy rollte trotzdem mit den Augen und buckelte noch einmal. Er beruhigte sich erst, als das Ungetüm aus seinem Blickfeld verschwunden war.
Obwohl die Morgensonne schon sehr warm war, hing über den Feldern leichter Frühnebel. Doch es versprach ein herrlicher Tag zu werden.
Emily, Luca, Benni und Marie waren nachdenklich und schweigsam. Obwohl sie es vermeiden wollte, ertappte

Emily sich immer wieder dabei, dass sie an die kleine Stute dachte. Hoffentlich geht es ihr gut, dachte sie. Hoffentlich können wir ihr helfen.
Luca zog seine Stirn in tiefe Falten. In Gedanken legte er sich schon zurecht, was er den Schneiders alles an den Kopf werfen wollte – vorausgesetzt, sie waren wirklich die Besitzer des Pferdes. Bei Tierquälerei und Vernachlässigung hörte für Luca jeder Spaß auf. Da nahm er kein Blatt vor den Mund.
Marie war mit ihren Gedanken ganz woanders. Sie dachte an zu Hause und fühlte sich ein bisschen traurig. Robbie prustete, als würde er ihre Traurigkeit spüren.
Marie schluckte. Sie bekam doch nicht etwa Heimweh? Sie kannte das Gefühl von einer Klassenfahrt. Damals hatte es sich genauso angefühlt.
Auch Benni war mit seinen Gedanken beschäftigt. Er fragte sich, warum sie nicht umkehrten und die einsame Stute entführten. Wenn sich eh keiner um sie kümmerte, würde es wahrscheinlich gar nicht auffallen, wenn sie plötzlich nicht mehr da wäre. Aber Pferdediebstahl war kein Spaß, sondern eine Straftat. Und außerdem: Wo sollten sie mit dem geklauten Pferd hin?

Er stöhnte leise auf. Sie mussten versuchen der Stute anders zu helfen. Fragte sich nur, wie.
Eine ganze Weile ritten sie, ohne dass einer etwas sagte. Toffy scheute vor jedem Schatten. Als ein Hase aufsprang, brach er zur Seite aus. Emily hatte alle Hände voll zu tun.
„Was ist denn mit dir los?“, murmelte sie. „Bist du mit dem falschen Huf zuerst aufgestanden?“
Statt eine Antwort zu geben, brach Toffy noch einmal aus. Er warf den Kopf hoch und wehrte sich gegen Emilys Hand. Dann bäumte er sich kurz auf, legte die Ohren an und schoss mit einem gewaltigen Satz vorwärts.
Emily konnte gerade noch „Achtung!“ rufen, um die anderen zu warnen. Toffy ließ sich nicht mehr halten, das spürte sie genau. Er preschte an Bonito, Robbie und Möwe vorbei und ging mit ihr durch. Sie sah die angelegten Ohren und fühlte, wie er den Hals steif machte. Seine Zähne bissen so fest auf die Trense, dass sie keine Chance hatte, ihn an die Hilfen zu bekommen. Als sie nachdrücklich an den Zügeln zog, um ihn durchzuparieren, reagierte er überhaupt nicht.
Emilys Herz trommelte genauso wild wie Toffys Hufe auf dem Feldweg.

„Reite einen Kreis!", schrie Benni ihr zu.
Marie hatte Mühe, Robbie zurückzuhalten. Er tänzelte und wollte Toffy folgen, aber sie schaffte es irgendwie, ihn zu wenden und zu beruhigen.
Möwe hob den Kopf und wieherte schrill. Benni saß schnell ab und hielt sie am Zügel fest. Er machte ein erschrockenes Gesicht.
„Was ist denn hier los? Hat euch alle der Hafer gestochen?"
Emily krallte die Finger in Toffys Mähne. Die Landschaft flog an ihr vorbei. Sie hatte das Gefühl, als würden Toffys Hufeisen kaum noch den Boden berühren.
„Ruhig, ganz ruhig", stieß sie zwischen zusammengebissenen Zähnen hervor. Sie war sich nicht sicher, ob sie Toffy meinte oder mit sich selbst sprach. In ihren Ohren rauschte es laut. Ein tief hängender Zweig riss ihr fast den Reithelm vom Kopf. Plötzlich strauchelte Toffy und stolperte kurz darauf über eine unebene Stelle. Er knickte in der Vorhand ein und wäre fast zu Boden gegangen, wenn Emily ihn nicht mit letzter Kraft hochgerissen hätte. Ihre Stiefel rutschten aus den Steigbügeln. Sie geriet in Schieflage und verlor den Halt.
„Nein!", konnte sie gerade noch schreien.

Unter den entsetzten Augen ihrer Freunde flog Emily aus dem Sattel. Sie drehte sich um die eigene Achse und blieb reglos neben dem Feldweg liegen.
Toffy jagte noch ein paar Meter weiter, bevor er sein Tempo drosselte und endlich stehen blieb. Seine Flanken bebten. Sein Fell war schweißnass. Schließlich senkte er den Kopf und fing an hektisch zu grasen.
„Emily!“ Benni drückte Marie Möwes Zügel in die Hand und rannte los.
Als er bei Emily ankam, hatte die sich schon aufgesetzt und grinste schief.
„Boah“, murmelte sie und pflückte ein paar lose Grasbüschel und Blätter von ihrem Pulli. „Hoffentlich hat das jemand mit dem Handy aufgenommen. Hast du?“
„Spinnst du?“, fragte Benni. Er kniete sich neben sie ins Gras. „Bist du okay? Geht's dir gut? Kannst du sprechen? Hast du dir wehgetan?“
Emily runzelte die Stirn. „Muss ich die ganzen Fragen jetzt gleich beantworten oder darf ich zuerst mein ausgeflipptes Pferd wieder einfangen?“
Benni half ihr vorsichtig hoch.
„Anscheinend geht's dir gut“, stellte er fest. „Und nein: Ich hab natürlich kein Video gedreht!“

„Wie schade“, knurrte Emily. Auf ihrer Reithose prangte ein giftgrüner Grasfleck. „Mein Hintern tut mir weh und meine Hände auch.“ Sie betrachtete ihre Hände. Die Zügel hatten die dünne Haut zwischen den kleinen Fingern und den Ringfingern aufgerieben. Es blutete.

Benni zog die Augenbrauen zusammen. „Das sollten wir lieber gleich verpflastern“, meinte er. „Hast du Tetanusschutz?“

„Ja, klar“, nickte Emily und leckte das Blut einfach ab.

Luca und Marie kamen zusammen angetrabt und saßen ab. Ihre Gesichter waren blass. Maries Lippen zitterten.

„Mann“, stieß Luca hervor. „Das sah echt krass aus!“

Marie war total aufgelöst. Sie schluchzte auf und fiel Emily fast in die Arme. „Ich hatte solche Panik!“, schniefte sie.

Emily tätschelte ihr beruhigend die Schulter.

„Nix passiert“, versicherte sie. „Du weißt doch, dass ich schon öfter vom Pferd geflogen bin. Ich hab mich daran gewöhnt.“ Sie drehte den Kopf und schaute zu Toffy, der sich inzwischen beruhigt hatte. „Lasst uns lieber mal nach Toffy gucken. Er ist über irgendwas gestolpert. Hoffentlich hat er sich nicht wehgetan.“

Toffy spitzte die Ohren, als Emily auf ihn zukam. Sie zauberte ein Leckerli aus ihrer Reitweste hervor und hielt es ihm hin. Er nahm den Leckerbissen und rieb anschließend seine verschwitzte Stirn an ihrer Schulter. Emily legte beide Arme um seinen Hals, vergrub das Gesicht in seiner Mähne und schloss für einen kurzen Moment die Augen.

„Hey, Dicker“, raunte sie ihm zu. „Wollen wir uns wieder vertragen?“

Toffy prustete und ließ sich von ihr hinter den Ohren kraulen. Luca fuhr mit der Hand an Toffys Beinen entlang und untersuchte die Fesseln und Hufe. Es schien alles in Ordnung zu sein. Trotzdem bat er Benni, den Wallach ein paarmal hin und her zu führen, um zu schauen, ob er lahmte.

Toffy schritt ganz normal aus.

„Es ist alles okay“, sagte Emily erleichtert. Sie nahm Benni die Zügel ab. „Ihm ist nichts passiert.“

Luca holte den kleinen Notfall-Koffer aus einer der Satteltaschen und schnitt zwei Heftpflaster für Emilys Hände zurecht. Sie klebten nicht sehr gut zwischen den Fingern.

Emily verzog das Gesicht.

„Wie soll ich denn damit die Zügel festhalten?", jammerte sie.
„Lass sie einfach unter dem kleinen Finger entlanglaufen", schlug Benni vor.
Marie reichte Emily ihre Reithandschuhe. „Ich weiß, dass du nicht gerne mit Handschuhen reitest", meinte sie, „aber im Moment sind sie vielleicht ganz nützlich."
Emily schlüpfte in die dünnen Lederhandschuhe.
„Hey, das fühlt sich gut an", strahlte sie. „Super Idee. Danke!"
„Bitte", sagte Marie. Plötzlich schlug sie beide Hände vors Gesicht und schluchzte auf.
Benni und Luca wechselten einen betretenen Blick.
„Was ist denn jetzt schon wieder los?", brummelte Benni.
Emily runzelte die Stirn.
„Was ist los?", fragte sie und legte Marie eine Hand auf den Rücken. „Warum weinst du?"
Marie schniefte und schluchzte. Ihre Schultern zuckten.
Als Luca einen Arm um sie legen wollte, weinte sie noch heftiger.
„Ich will sofort nach Hause!", stieß sie schließlich zwischen zwei Schluchzern hervor.

Für ein paar Sekunden hörte man auf dem Feldweg nur das Zwitschern der Vögel, das Summen der Hummeln und Maries Schniefen.
„Was?“, fragten Emily und Benni gleichzeitig.
„Pscht“, machte Luca. Er tätschelte Marie sanft den Rücken, als wäre sie ein Pferd. „Warum willst du nach Hause?“
„Ich hab überhaupt keine Lust mehr weiterzureiten.“ Marie hob das Gesicht und wischte sich trotzig die Tränen ab. „Zuerst das arme Pferd und jetzt das hier … Wer weiß, was als Nächstes passiert?“ Sie vergrub ihr Gesicht an Lucas Brust und heulte weiter. Lucas T-Shirt war schon ganz feucht. Er fühlte sich ziemlich überfordert und hatte keine Ahnung, was er tun sollte.
„Sagt ihr doch auch mal was!“, zischte er Emily und Benni zu.
Benni hob hilflos die Hände. Einem weinenden Mädchen fühlte er sich irgendwie nicht gewachsen.
Emily machte einen Schritt vorwärts und spähte unter Maries Reithelm.
„Das ist doch nicht dein Ernst, oder?“, erkundigte sie sich freundlich. „Du willst wirklich wieder nach Hause? Und wie sollen wir dann der kleinen Stute helfen?“

Sie richtete sich wieder auf und kickte einen Kieselstein vom Weg. „Das kommt überhaupt nicht in die Tüte! Wenn du willst, ruf deine Eltern an und lass dich abholen. Ich reite jedenfalls weiter!“ Sie ließ Marie stehen und ging zu Toffy. Obwohl ihre Hände wie Feuer brannten, griff sie in die Zügel und saß auf. „Wenn’s sein muss, auch alleine!“

„Wie bitte?“, Benni raufte sich die Haare. „Warte mal, das kannst du doch nicht machen!“

Luca nahm seinen Helm ab und stöhnte auf.

„Zuerst spinnen die Pferde und jetzt die Mädchen. Das kann doch nicht wahr sein! War irgendwas im Futter? Oder im Kakao?“

„Bleib hier, Emily!“, rief Marie. „Ich hab’s nicht so gemeint! Ich war nur so erschrocken.“

„Was soll ich denn sagen?“, fragte Marie. „Bist du vom Pferd geflogen oder ich?“

„Du“, sagte Marie kleinlaut.

„Genau.“ Emily legte die Schenkel an. „Und ich reite jetzt weiter. Mit euch oder ohne euch. Also, worauf wartet ihr noch? Wollt ihr hier festwachsen?“

Sie schnalzte mit der Zunge. Toffy setzte sich in Bewegung.

„Halt!“, rief Luca entsetzt.
„Warte auf uns!“ Marie griff in Robbies Zügel und schwang sich auf seinen Rücken.
Emily grinste zufrieden. „Ganz sicher?“
„Ganz sicher“, nickte Marie. „Ich weiß nicht, was mit mir los ist. Vielleicht steh ich unter Schock. Und ein bisschen Heimweh hab ich auch“, fügte sie leise hinzu.
„Oh“, erwiderte Emily, weil ihr nichts Besseres einfiel.
Luca und Benni saßen auf.
„Reiten ist das beste Mittel gegen Heimweh“, behauptete Luca grinsend. „Und je schneller wir reiten, desto früher bist du wieder zu Hause.“
Marie lachte. „Worauf warten wir dann noch?“
„Auf gar nichts“, sagte Luca und setzte sich mit Bonito an die Tete.

Wie rettet man ein Pferd?

Sie holten die Zeit, die sie durch Emilys Sturz verloren hatten, mühelos wieder auf. Nach einer kurzen Pause und einem zweiten Frühstück erreichten die vier Freunde kurz vor Mittag das Örtchen Moorkamp.

Sie saßen am Ortseingang ab und führten ihre Pferde auf dem Grünstreifen neben der Straße. Von ihren früheren Ausritten wussten sie, dass Reiter und Pferde überall für Aufsehen sorgten. Auch hier wurden Gardinen zur Seite gezogen und Türen geöffnet, als sie an den ersten Häusern vorbeikamen.

Ein älterer Mann, der gerade dabei war, den Rasen vor seinem Haus zu mähen, stellte den Motor aus und grüßte sie freundlich. „Ihr habt aber schöne Pferde!“

Marie bedankte sich lächelnd. „Ja, das finden wir auch!“

Der Mann schaute ihnen hinterher, bevor er den Rasenmäher wieder anwarf und weitermähte.
„Wollen wir eigentlich direkt zu Familie Schneider und sie gleich mit unseren Vorwürfen überfallen?“, fragte Benni.
„Nein, das wäre wohl nicht so schlau. Schließlich wissen wir ja gar nicht, ob sie überhaupt die Besitzer der Stute sind“, erwiderte Luca und schüttelte den Kopf. „Wir sollten versuchen vorher ein paar Informationen zu sammeln. Es bringt nichts, gleich mit der Tür ins Haus zu fallen.“
„Lasst uns doch mal gucken, wo die wohnen“, schlug Emily vor.
„Gute Idee“, sagte Marie. „Vielleicht sind sie gar nicht zu Hause. Was machen wir dann?“
„Keine Ahnung“, gab Luca zu. „Daran hab ich noch nicht gedacht. Wir können schließlich nicht stundenlang hier abhängen und wertvolle Zeit vertrödeln, während wir darauf warten, dass die Familie vielleicht irgendwann auftaucht.“
„Zumal wir nicht wissen, ob sie die Richtigen sind“, ergänzte Benni.
„Genau“, entgegnete Luca. „Deshalb gucken wir erst

mal nach, wo die wohnen und ob jemand zu Hause ist. Alles Weitere wird sich dann schon ergeben."
„Heißt das etwa, du hast keinen Plan?" Emily machte ein besorgtes Gesicht.
„Ausnahmsweise mal nicht." Luca zog den Zettel hervor, den Carolin ihm gegeben hatte, und las den Straßennamen und die Hausnummer vor.
„Es ist das weiße Einfamilienhaus." Benni zeigte nach vorn. „Da steht ein Kombi in der Einfahrt."
„Dann ist bestimmt auch jemand zu Hause." Marie drückte beide Daumen und dachte dabei ganz fest an die kleine Stute.
Luca nickte.
Sie führten die Pferde auf eine verwilderte Grünfläche am Ende der Straße und berieten dort, wie sie weiter vorgehen wollten.
„Vielleicht sollten wir lieber nicht gleich zu viert da aufkreuzen", gab Benni zu bedenken. „Es muss auch jemand bei den Pferden bleiben."
„Ich geh auf jeden Fall!", sagte Luca sofort. „Ich will wissen, was das für Leute sind."
„Ich auch", schloss Emily sich an.
Marie warf ihren Freunden einen Blick zu. Sie zögerte.

Dann meinte sie: „Ich bleib freiwillig hier bei den Pferden. Ich bin viel zu nervös für so eine Aktion. Wahrscheinlich würde ich es nur vermasseln."
„Okay." Benni nahm Luca und Emily die Zügel aus den Händen. „Marie und ich warten hier und passen auf die Pferde auf. Ihr geht. Viel Glück!" Er klatschte Luca ab und zwinkerte Emily zu.
„Ich drück euch die Daumen", sagte Marie. Sie kraulte Robbies Stirn und seufzte.
Luca holte tief Luft und straffte die Schultern.
Emily wischte noch einmal über ihre Reithose und schüttelte ihre Haare. „Dann mal los!", sagte sie entschlossen. „Die Aktion ‚Wir retten ein Pferd' startet genau JETZT!"

Kurz darauf standen Luca und Emily vor dem Haus. Sie traten nervös von einem Fuß auf den anderen. Emily hatte geklingelt. Es dauerte ziemlich lange, bis jemand reagierte.
CORA + HENNING + MAXIMILIAN SCHNEIDER stand auf dem Briefkasten.

Die Namen klingen eigentlich ganz nett, dachte Emily. Sie zuckte zusammen, als die Haustür geöffnet wurde. Eine junge Frau mit dunklen Haaren stand vor ihnen.
„Kann ich euch helfen?", fragte sie und lächelte freundlich.
„Ähm … ja, nein … vielleicht", stammelte Luca. Plötzlich wusste er nicht mehr, was er sagen sollte. Seine Ohren liefen knallrot an. Hätte er sich doch nur einen Plan zurechtgelegt! „Es geht um –"
„Wollt ihr zu Maximilian?", unterbrach ihn die Frau. Sie betrachtete Luca und Emily von oben bis unten. Ihr Blick blieb kurz an den Reitstiefeln hängen. „Der ist an den Strand gefahren. Seid ihr Freunde von ihm? Aus der Schule?"
„Nein, wir kennen ihn überhaupt nicht", stellte Emily klar. „Wir kommen wegen eines Ponys, von dem wir glauben, dass es vielleicht Ihnen gehört."
„Genau!" Luca schob sich ein Stück nach vorn. „Es geht um eine junge Schimmelstute. Sie steht zwischen Moorkamp und Gut Rabenholz auf einer Koppel. Wir haben gehört, dass Sie möglicherweise die Besitzer sind." Obwohl er angespannt war, zwang er sich zu einem Lächeln. Emily nickte.

Frau Schneider zog die Stirn kraus. „Ist etwa was mit Hexe?"
Emily hielt die Luft an. Die kleine Schimmelstute hieß also Hexe. Jetzt hatte sie einen Namen – und er passte gut! Sie lächelte.
„Die Stute gehört also Ihnen?", fragte Luca.
„Ja, sie gehört unserem Sohn", bestätigte Frau Schneider. „Aber warum wollt ihr das wissen?"
Emily musste sich fest auf die Lippen beißen, um Maximilians Mutter nicht sofort die Wahrheit zu sagen: dass Hexe einsam und krank und vollkommen verwahrlost war. Sie riss sich zusammen.
„Wissen Sie zufällig, wann Maximilian das letzte Mal bei seinem Pferd war?", fragte sie, während sie eine Hand zur Faust ballte.
„Nein, das weiß ich nicht." Frau Schneiders Stimme klang leicht ungehalten. „Möchtet ihr mir nicht verraten, worum es überhaupt geht? Ihr sagt, ihr seid keine Freunde von Maximilian. Was wollt ihr dann? Warum interessiert ihr euch für Hexe? Ich hab zu tun." Sie trat einen Schritt zurück und wollte die Haustür schließen.
Luca hob schnell eine Hand.

„Moment“, sagte er. „Wir wollen nicht lange stören. Wir möchten Ihnen nur etwas sehr Wichtiges sagen.“
„Warten Sie, bitte!“, rief Emily eindringlich. „Es geht um Hexe. Es … es geht ihr nicht gut. Gar nicht gut.“ Sie spürte, dass sich Tränen in ihre Augen drängten, aber sie achtete nicht darauf. „Bitte, hören Sie uns zu.“
Maximilians Mutter runzelte die Stirn. Als sie Emilys Tränen bemerkte, zog sie die Haustür ein Stück weiter auf.
„Dann kommt mal rein, wenn es so wichtig ist“, sagte sie seufzend. Sie führte die beiden durch einen engen Flur und ein kleines Wohnzimmer bis auf die Terrasse und zeigte auf eine Sitzgruppe unter einer Markise.
„Setzt euch. Ich hol schnell was zu trinken.“
Emily fuhr sich mit einem Zipfel ihres T-Shirts über die Wangen und wischte die Tränen ab.
Benni grinste ihr aufmunternd zu.
„Bestimmt seh ich aus wie die letzte Vogelscheuche“, flüsterte Emily. „Aber das ist mir ganz egal.“
„Du siehst gut aus“, versicherte Luca. „Vielleicht ein bisschen verheult. Aber das macht nichts. Schließlich geht’s hier um ein Pferd und nicht um Germany’s Next Topmodel.“

„Stimmt.“ Emily erwiderte sein Grinsen.

Als Frau Schneider zurückkam, stellte sie zwei Gläser mit Saft und einen Teller mit Keksen auf den Tisch.

„Greift zu“, sagte sie und setzte sich auf einen Gartenstuhl. „Und jetzt erzählt mal: Warum seid ihr hier und was ist mit Hexe los?“

Emily und Luca schauten sich an. Dann holten sie tief Luft und berichteten, wie sie die einsame Stute durch puren Zufall entdeckt hatten und in welch erbärmlichem Zustand sie sich befand. Emily erzählte auch, wie sie all die Leckereien, das Heu, den Hafer und das Putzzeug zu Hexe geschleppt hatten. „Sie war so dankbar für unsere Aufmerksamkeit“, fügte sie leise hinzu. „Sie hat richtig glücklich ausgesehen.“

„Pferde brauchen ein bisschen mehr als Gras und Wasser“, ergänzte Luca vorsichtig. „Sie brauchen viel Zuwendung. Man darf sie nicht einfach sich selbst überlassen.“

Frau Schneider hörte zu, ohne etwas zu sagen. Nur hin und wieder runzelte sie die Stirn.

„Bestimmt war Hexe schon ewig nicht mehr beim Schmied“, sagte Emily. „Oder?“

Frau Schneider schüttelte den Kopf.

„Das weiß ich nicht“, erwiderte sie kühl. „Das Pony gehört Maximilian. Es ist seine Aufgabe, sich um alles zu kümmern."

Emily stöhnte auf. „Aber er kümmert sich kein bisschen um Hexe! Und das wissen Sie genau!" Sie sprang auf und funkelte Maximilians Mutter an.

„Pscht!", zischte Luca ihr zu. Er versuchte sie an ihrem T-Shirt zurückzuziehen, aber Emily schüttelte ihn ab.

„Ist doch wahr!", schimpfte sie weiter. „Wenn man ein Tier hat, muss man sich auch darum kümmern!" Sie schlug mit der flachen Hand auf den Tisch, so wütend war sie. Die Saftgläser klirrten und schwankten bedrohlich. Luca hielt sie schnell fest und trank einen Schluck.

„Im Prinzip bin ich ganz eurer Meinung", sagte Frau Schneider. Ihre Stimme war nicht mehr freundlich, sondern geschäftsmäßig. „Deshalb steht Hexe auch seit einiger Zeit zum Verkauf. Bei Maximilian ist es leider so, dass er schnell das Interesse an seinen Hobbys verliert. Zuerst wollte er ein Meerschweinchen haben, dann einen Hund und dann das Pony. Im Moment ist es eine Playstation." Sie seufzte. „Manchmal mache ich mir Vorwürfe, dass wir ihm das alles erlauben. Aber warum nicht? Er ist ein Einzelkind."

„Na und? Das bin ich auch", schnaubte Emily. „Es ist keine Begründung dafür, dass er sein Pony vernachlässigt! Ich kümmere mich jeden Tag um mein Pferd. Ich hab es nämlich zufällig sehr lieb und betrachte es nicht als Gegenstand. Playstation – pah! Das kann man doch überhaupt nicht miteinander vergleichen!"
Frau Schneider seufzte. „Ich versteh leider nichts von Pferden. Mein Mann auch nicht. Im Nachhinein war es wohl ein Fehler, das Pony überhaupt angeschafft zu haben."
„Aber nun ist es mal da", mischte Luca sich ein. „Es braucht dringend Hilfe."
„Es braucht Pflege und Aufmerksamkeit, einen Tierarzt, einen Schmied, eine größere Koppel und Gesellschaft", fügte Emily trotzig hinzu. „Pferde sind nämlich Herdentiere. Es ist Tierquälerei, sie ganz alleine irgendwo rumstehen zu lassen, ohne Sozialkontakte zu anderen Pferden."
Maximilians Mutter hob eine Augenbraue. „Wirklich? Das wusste ich nicht."
„Jetzt wissen Sie's", sagte Luca ruhig. „Und genau deshalb sind wir hier: Wir möchten Hexe gerne helfen."
„Ich hab ja eben schon gesagt, dass wir sie verkaufen

wollen", nickte Frau Schneider. „Allerdings ist sie sehr scheu und noch nie richtig geritten worden. Es ist schwierig, einen Käufer für sie zu finden."
Emily rollte mit den Augen. „Ja, das glaub ich gern", murmelte sie leise.
„Will Maximilian denn gar nicht mehr reiten? Hat er's denn überhaupt schon mal richtig versucht?", fragte Luca.
Emily warf ihm einen Blick zu, den er ignorierte. Frau Schneider machte ein irritiertes Gesicht.
„Richtigen Reitunterricht hatte er nicht, wenn du das meinst. Er hat es ein paarmal alleine versucht. Er hat ja die ganze Ausrüstung, Stiefel, Helm, Sattelzeug und alles. Aber Hexe hat ihn ständig abgeworfen. Dadurch hat er schnell das Interesse an ihr verloren. Ich glaube nicht, dass er noch reiten möchte."
Luca trank noch einen Schluck Saft. Seine Stirn war faltig, so angestrengt dachte er nach.
Es muss eine Lösung geben, dachte er. Eine Lösung, mit der alle zufrieden sind und die der kleinen Stute schnell hilft.
„Ich hab's!", rief er plötzlich und sprang auf.
„Was?", fragten Emily und Frau Schneider gleichzeitig.

„Wir fragen einfach Sven! Sven Stapenbeck ist unser Reitlehrer“, erklärte er Frau Schneider. „Ihm gehört der Reitstall, in dem unsere Pferde stehen. Er ist immer auf der Suche nach Nachwuchspferden. Vielleicht übernimmt er Hexe. Oder –“

Luca grinste breit.

„Oder was?“, fragte Emily gespannt.

„Oder er erlaubt, dass Maximilian sein Pony bei uns im Brombeerhain unterstellt und Reitstunden nimmt“, beendete Luca seinen Satz. „Dann können wir uns ein bisschen um die beiden kümmern. Wir können Hexe aufpäppeln und Benni zeigen, wie man mit Pferden umgeht. Vielleicht bekommt er ja doch noch Spaß an der Reiterei.“

„Also, das ist –“, setzte Emily an.

„– eine grandiose Idee!“, kam Frau Schneider ihr zuvor. Sie lächelte. „Natürlich fühle ich mich etwas überrumpelt. Ich muss zuerst mit Benni und seinem Vater sprechen. Aber wenn ihr mir die Adresse und Telefonnummer eures Reiterhofs aufschreibt, kann ich vielleicht schon mal mit Herrn Stapenbeck telefonieren. Es ist sicher mit einigen Kosten verbunden, Hexe dort unterzustellen. Habt ihr denn noch Platz im Stall?“

„Na klar", sagte Emily sofort. „Hexe ist doch ein Pony, ein Robustpferd. Die braucht keine Box im Stall."

„Was die braucht, ist eine gute Weide und andere Pferde!" Lucas Wangen glühten vor Eifer. „Sie werden staunen, wie wohl die sich bei uns fühlen wird. Und um die Kosten machen Sie sich mal keine Sorgen. Viel teurer als die Weide, die Sie jetzt gepachtet haben, wird es bestimmt nicht. Um Maximilians Reitunterricht kümmern wir uns. Dafür brauchen Sie nichts zu bezahlen."

Frau Schneider stand auf, um etwas zum Schreiben zu holen.

Emily strahlte Luca an. „Das war die beste Idee, die du jemals hattest. Hoffentlich klappt's!"

Luca grinste optimistisch.

Als Frau Schneider mit einem Zettel und einem Kuli zurückkam, schrieb er Nummer und Adresse des Reiterhofs Brombeerhain auf und fügte noch seinen und Emilys Namen hinzu.

„Ich bin richtig froh, dass ihr hergekommen seid und mir alles erzählt habt", sagte Frau Schneider und brachte sie zur Tür. „Ich hatte wirklich keine Ahnung. Es tut mir leid."

Luca nickte ernst.
Emily war kurz davor, Maximilians Mutter den Rat zu geben, sich ein gutes Pferdebuch anzuschaffen, um wenigstens die nötigsten Grundlagen der Pferdehaltung zu lernen, aber sie verkniff es sich.
„Wir sind noch ein paar Tage hier in der Gegend unterwegs", sagte sie stattdessen. „Auf dem Rückweg reiten wir noch mal bei Hexe vorbei und gucken nach, ob alles in Ordnung ist, wenn Sie einverstanden sind."
„Natürlich! Vielleicht hat sich bis dahin schon einiges geklärt." Frau Schneider reichte zuerst Emily und dann Luca die Hand. „Ihr könnt gerne auch noch mal hier vorbeikommen. Ich würde mich freuen. Bei der Gelegenheit könnt ihr dann vielleicht auch Maximilian kennenlernen."
Emily schluckte. Sie verspürte keine große Lust, diesen verwöhnten Maximilian persönlich zu treffen. Was musste das für ein Blödmann sein? Hatte ein eigenes Pferd und kümmerte sich nicht darum. Wo gab's denn so was? Sie schüttelte den Kopf.
„Das wär ein ziemlicher Umweg für uns", kam Luca ihr zur Hilfe. „Wir sind nur noch ein paar Tage unterwegs. Aber vielleicht sehen wir uns ja bald im Stall."

„Wenn Sie Hexe zu uns bringen", fügte Emily hinzu.
Plötzlich fielen ihr Marie und Benni ein. Sie konnte es kaum erwarten, den beiden von den tollen Neuigkeiten zu berichten. Sie verabschiedete sich und schlüpfte schnell durch die Tür.
„Bis bald!", rief sie noch.
„Ich bin schon sehr gespannt auf euren Brombeerhain. Was für ein schöner Name für einen Reiterhof!", sagte Maximilians Mutter lächelnd.
„Und er passt perfekt", erwiderte Luca.
Er drehte sich um und beeilte sich Emily einzuholen. Als sie nebeneinander die Straße hinunterjoggten, machte er einen Freudensprung.
Emily knuffte ihm lachend in die Seite.
„Oh, Mann … Das haben wir echt super hingekriegt, oder?"
„Und wie!", grinste Luca.

Der Himmel auf Erden: Ferien mit Pferden

Benni und Marie standen am Straßenrand und schauten Emily und Luca gespannt entgegen.
„Man hört euch schon von weitem!“, rief Marie.
„Wie ist es gelaufen?“, drängelte Benni.
„Perfekt.“ Luca hob Marie hoch, wirbelte sie im Kreis herum und gab ihr einen Kuss. „Wenn alles gut geht, ist Hexe schon bald gerettet.“
„Hexe?“, fragte Marie neugierig.
„So heißt die kleine Stute“, erklärte Emily. Sie fiel Benni erleichtert um den Hals. „Sie gehört einem Typen, der null Ahnung von Pferden hat. Luca hatte die geniale Idee, die beiden – also Hexe und diesen Maximilian – in unseren Brombeerhain zu verpflanzen, damit wir uns

da um sie kümmern können. Ist das nicht spitzenmäßig?"

Benni machte ein verwirrtes Gesicht. „Wie jetzt, in den Brombeerhain verpflanzen?"

„Ist doch ganz einfach!" Emily lachte. „Hexe kriegt bei uns im Stall ein neues Zuhause!"

„Und Maximilian bekommt Reitunterricht", ergänzte Luca. „Damit schlagen wir zwei Fliegen mit einer Klappe und alle sind happy! Cool, was?"

„Ja, total cool." Bennis Gesicht glich immer noch einem Fragezeichen. Er warf einen Blick auf seine Uhr. „Ich glaub, das müsst ihr uns später noch mal ganz in Ruhe erklären. Wollen wir jetzt nicht lieber erst mal weiterreiten, damit wir unser Tagesziel noch erreichen? Wir hinken unserem Zeitplan ganz schön hinterher."

„Du hast Recht. Das hat irgendwie alles länger gedauert als geplant." Luca nahm ihm Bonitos Zügel aus der Hand, ließ die Steigbügel herunter und saß auf. „Wir erzählen euch unterwegs alles."

Benni nickte.

„Können wir nicht vielleicht irgendwo Mittag essen?", fragte Marie und rieb sich den Bauch. „Das Warten hat mich echt hungrig gemacht."

„Super Idee. Mir knurrt auch schon der Magen." Emily streichelte Toffys Nase und schwang sich ebenfalls in den Sattel. „Der nächste Gasthof gehört uns!"
Im versammelten Schritt verließen sie Moorkamp. Emily und Luca berichteten von dem Gespräch mit Maximilians Mutter. Benni zog nachdenklich die Stirn kraus. „Was, wenn Herr Schneider dagegen ist?", gab er zu bedenken. „Oder wenn dieser Maximilian sein Pony plötzlich doch lieber hier in der Nähe behalten möchte? Oder wenn er absolut keine Lust auf Reitunterricht hat? Dann bleibt alles, wie's ist, und wir können Hexe nicht retten."
Emily blies die Wangen auf. „Sei doch bloß nicht so pessimistisch. Wir müssen einfach ganz fest dran glauben. Dann wird's auch was."
„Aber es könnte genauso gut sein, dass es nicht klappt", beharrte Benni. „Wir sollten uns lieber nicht zu früh freuen. Dass euer Plan funktioniert, wissen wir erst, wenn Hexe wirklich bei uns im Stall steht."
„Okay", grummelte Luca. „Am besten beschwören wir heute Abend unser Hufeisenorakel. Das hat schließlich schon mal geholfen."
„Schleppst du etwa die ganze Zeit das Hufeisen mit dir rum?", fragte Marie ungläubig.

„Natürlich! Was denkst du denn?“ Luca machte ein beleidigtes Gesicht. „Es hat doch spitzenmäßig funktioniert. Sogar jetzt lässt es uns nicht im Stich. Seht ihr zufällig, was ich sehe?“

„Ein Gasthof“, seufzte Emily. „Und er hat geöffnet!“

„Ab sofort glaube ich fest an die Magie des Hufeisenorakels“, kicherte Marie. „Mach immer schön weiter mit den Beschwörungen!“

„Logo“, versprach Luca.

Benni trabte voraus und studierte die Tafel, auf der das Mittagsmenü mit Kreide geschrieben stand.

„Hausgemachte Spätzle mit Rahmgulasch und als Nachtisch Vanilleeis mit heißer Schokoladensoße“, las er vor. „Abteilung absitzen. Wir bleiben hier.“

Sie sprangen aus den Sätteln und führten die Pferde um das Haus herum. Schließlich konnten sie sie nicht einfach auf dem Parkplatz abstellen oder am Fahrradständer anbinden. Inzwischen wussten sie, dass viele Landgasthöfe auf der Rückseite einen kleinen Garten oder eine Wiese hatten. Auch hier entdeckten sie hinter dem Gebäude einen verwilderten Garten. Er war eingezäunt und es gab jede Menge Gras. Der perfekte Pferdeparkplatz!

„Ich geh schnell rein und frag, ob wir die Pferde hier unterstellen dürfen", sagte Marie und verschwand schon durch den Hintereingang im Haus.
Die anderen lösten Gurte und Schnallen und führten ihre Pferde ein bisschen herum.
„Alles klar!", rief Marie kurz darauf. „Wir können uns auch ein paar Eimer Wasser nehmen."
„Anscheinend wohnen hier echte Pferdefreunde." Emily befreite Toffy von Sattel und Zaumzeug und ließ ihn in den Obstgarten. „Benimm dich! Wir sind hier nur zu Besuch", sagte sie zu ihm.
Bonito, Möwe und Robbie folgten Toffy und bummelten neugierig herum.
Bonito knabberte an einem Apfelbaum. Die anderen senkten schon bald die Köpfe und fingen an zu grasen.
Benni schleppte zwei Wassereimer heran und stellte sie neben das Gatter. „Die wären versorgt", meinte er. „Jetzt sind wir dran!"

„Wir nehmen das Mittagsmenü und vier Gläser Apfelsaft", sagte Marie zu der Kellnerin, nachdem sie an einem Fenstertisch Platz genommen und ihr Geld abgezählt hatten. Das Mittagsmenü war das billigste Gericht auf der Karte und wahrscheinlich auch das leckerste. In dem Gastraum waren nur wenige Tische besetzt. Sie wurden neugierig gemustert und lächelten freundlich zurück. Durch das Fenster konnten sie die Pferde beobachten und gleichzeitig ihr Gepäck und das Sattelzeug im Auge behalten.

Emily winkte Toffy zu und gähnte.

„Wie heißt eigentlich unser nächstes Ziel?", fragte sie. „Und wann kommen wir ungefähr da an? Ich bin hundemüde."

„Das kommt von der frischen Luft." Benni stupste sie an, während Luca die Landkarte zückte, sie auseinanderfaltete und auf dem Tisch ausbreitete.

„Wir sind ungefähr hier", sagte er und tippte auf einen kleinen Punkt auf der Karte. „Unser Ziel ist ein Bauernhof in Süderberg. Wenn nichts dazwischenkommt, sollten wir gegen fünf da sein."

Die Kellnerin brachte den Apfelsaft und vier Schälchen mit Salat. Benni nahm sich ein Glas.

„Auf unseren Wanderritt", sagte Emily feierlich und unterdrückte ein weiteres Gähnen.

„Darauf, dass wir heil ankommen und die Sonne immer scheint", lächelte Marie.

„Und darauf, dass wir Hexe retten können", fügte Luca hinzu.
Die Gläser klirrten leise, als sie anstießen. Vor dem Fenster hob Möwe den Kopf und wieherte. Es klang, als würde sie sich freuen.

Als Emily, Marie, Luca und Benni ihr Ziel am späten Nachmittag erreichten, atmeten sie auf. Nicht nur Emily war müde, auch die anderen waren erleichtert, als sie absaßen.
„Erst das Pferd, dann der Reiter", murmelte Luca, als er Bonito den Sattel abnahm. „Wer hat sich das eigentlich ausgedacht?"
„Keine Ahnung", erwiderte Marie. Sie kratzte Robbies Hufe aus und legte anschließend beide Arme auf seine Kruppe. Sie hatte das Gefühl, als könnte sie auf der Stelle einschlafen.
Nachdem sie die Pferde versorgt und auf die Weide geschickt hatten, bezogen sie ihr Nachtquartier.
Familie Thiedemann, der der Hof gehörte, begrüßte sie herzlich. Drei kleine Jungs wuselten herum. Sie hatten

strohblonde Haare, unzählige Sommersprossen und waren kaum auseinanderzuhalten.
„Versucht es gar nicht erst", lachte ihr Vater. „Lasse, Leif und Torbjörn sind Drillinge. Hin und wieder verwechseln wir sie sogar!"
Britta Thiedemann zeigte ihnen ihre Unterkunft – diesmal leider nicht im Pferdestall, sondern im Bauernhaus: ein gemütliches Dachzimmer mit zwei schmalen Gästebetten, zwei Liegen und einem eigenen Badezimmer.
Kaum war Frau Thiedemann aus dem Zimmer, warf Luca sich auf eins der frisch bezogenen Betten.
„Das ist genial!", rief er. „Tausendmal besser als ein Schlafsack im Stroh!"
„Ja, total toll. Aber leider ziemlich weit weg von den Pferden", bemerkte Emily. Sie stand am Fenster und schaute hinaus. „Von hier aus können wir sie nicht mal sehen. Was, wenn sie uns brauchen?"
Benni stellte sich neben sie. „Was soll schon mit ihnen sein? Sie stehen auf der Weide und ruhen sich aus."
Marie setzte sich auf das Fußende eines Betts und tippte auf ihrem Handy herum. „Mein täglicher Beruhigungsanruf zu Hause." Sie rollte mit den Augen. Kurz darauf sagte sie: „Ja, Mama. – Nein, Mama. – Klar, Papa, natür-

lich ruf ich morgen wieder an. – Ja, danke. Ihr auch. – Ciao, bis morgen. Tschüs!“
Emily kicherte, als Marie das Handy zuklappte und so tief unter das Kopfkissen schob, wie ihr Arm zuließ. „Warum sind manche Eltern eigentlich so anstrengend?“, stöhnte sie und ließ sich auf die weiche Matratze sinken.

Nach dem Abendbrot, das sie zusammen mit der Familie in der Küche aßen, gingen sie noch einmal zu ihren Pferden. Es war ein herrlicher Sommerabend, still und friedlich. Die Sonne ging wie eine rot glühende Orange langsam unter. Über der Koppel tanzten Mückenschwärme. Als eine kleine Fledermaus im Zickzack über die Köpfe der Mädchen hinwegflog und lautlos zwischen den Hofbäumen verschwand, schrie Marie erschrocken auf.
Bonito hob den Kopf und wieherte dunkel. Er war das Leittier der kleinen Herde und nahm seine Aufgabe sehr ernst.
Luca stieß einen Pfiff aus. Ohne zu zögern, setzte Bonito sich in Bewegung und kam mit langen, gemächlichen Schritten auf ihn zu. Luca klopfte ihm den Hals. Bonito

prustete zufrieden. Möwe und Robbie waren ihm gefolgt und ließen sich von Benni und Marie kraulen. Emily schimpfte leise, weil Toffy einfach weiterfraß und seine Besitzerin hartnäckig ignorierte. Er drehte ihr sogar sein Hinterteil zu und wedelte mit dem Schweif.
„Hey, du dickes Pferd!", rief Emily ihm zu. „Wenn wir wieder zu Hause sind, kommst du in die Pferdeschule!" Sie setzte ein strenges Gesicht auf.
Marie grinste. „Das glaubst du doch selbst nicht! Toffy ist das verwöhnteste, frechste und faulste Pferd, das ich kenne!"
„Und das verfressenste und ungezogenste", fügte Luca hinzu.
„Er hat eben Charakter", gab Emily zurück. Sie ging zu Toffy und streichelte ihn. Toffy scharrte mit dem Vorderhuf und schnaubte, als wäre er ganz ihrer Meinung. Als Emily sein Fell roch und seinen warmen Atem spürte, musste sie plötzlich an Hexe denken.
„Glaubt ihr, dass Hexe heute auf uns gewartet hat?"
Benni machte ein nachdenkliches Gesicht.
„Gut möglich", meinte er. „Vielleicht steht sie genau in diesem Augenblick am Zaun und wartet darauf, dass wir ihr wieder Futter bringen."

„Sag doch nicht so was!“ Marie stöhnte auf. „Das macht mich ganz traurig!“

„Es ist ja auch traurig“, sagte Luca. „Wenn ich mir vorstelle, dass sie da jetzt ganz einsam auf ihrer Koppel steht …“ Er sprach nicht weiter.

„Hoffentlich geht's ihr gut“, sagte Emily leise.

Die Pferde wandten sich um und verschwanden, um in Ruhe weiterzugrasen.

Die vier Freunde schlenderten zum Hof zurück und setzten sich dort auf eine Bank.

„Können wir auf dem Rückweg nicht noch mal bei ihr vorbeireiten?“, fragte Marie. „Nur um sie noch mal zu sehen, bevor unser Ritt zu Ende ist?“

„Die Idee hatten Emily und ich auch schon“, nickte Luca. „Frau Schneider war damit einverstanden.“

„Ich wünschte, wir könnten sie einfach mitnehmen“, seufzte Emily.

„Schön wär's.“ Benni seufzte vernehmlich.

Es wurde still. Jeder hing seinen eigenen Gedanken nach. Sie stellten sich vor, wie es wäre, Hexe von ihrer Koppel zu führen und einfach mit nach Hause zu nehmen. Der Reiterhof Brombeerhain, das Paradies für Pferde, wartete auf sie.

Hexes neues Zuhause … Warum konnte sie nicht sofort dorthin? Warum mussten sie sie zurücklassen? Die Stimmung wurde gedrückt und ein bisschen wehmütig. Irgendwo schrie eine Eule. Ein Pferd prustete. Emily war sich sicher, dass es Toffy war.

„Lasst uns schlafen gehen", schlug Luca schließlich vor. „Morgen ist auch noch ein Tag. Wir müssen für die nächste Etappe fit sein."

„Wohin reiten wir denn?", fragte Marie. Sie rief den Pferden einen Gute-Nacht-Gruß zu und stand auf.

„Der Ort heißt Holm und liegt direkt am Meer", antwortete Luca.

„Hört sich perfekt an", meinte Benni. „Vielleicht können wir noch mal schwimmen gehen. Ein Ruhetag am Strand wäre cool, oder?"

Emily stimmte ihm sofort zu. „Auf jeden Fall! Der Wanderritt ist viel anstrengender, als ich gedacht hatte. Wunderschön, aber anstrengend."

Am nächsten Morgen wurde Marie von einem seltsamen Geräusch geweckt. Es dauerte eine ganze Weile, bis sie begriff, dass es Regentropfen waren, die über ihrem Kopf auf das Dachfenster trommelten. „Oh, shit!“, jammerte sie leise. „Das war’s dann wohl mit schwimmen gehen und einem Ruhetag am Strand …“

Auf Zehenspitzen, um die anderen nicht zu wecken, tapste sie ans Fenster und schaute hinaus. Der Himmel war grau verhangen. Die Wolken hingen tief. Marie fluchte noch einmal.

Luca wühlte sich umständlich aus seinem Federbett.

„Was ist ’n los?“, nuschelte er. „Brennt’s irgendwo?“

„Ganz im Gegenteil.“ Marie verzog das Gesicht. „Es regnet!“

„Mist!“, entfuhr es Luca.

Benni fuhr hoch.

„Was?“, fragte er verwirrt.

Marie musste grinsen. „Nichts. Nur schlechtes Wetter.“

Nun wurde auch Emily wach. Sie streckte sich wie eine Katze und gähnte. „Was soll der Alarm?“, beschwerte sie sich. „Ich hab gerade so schön geträumt! Von Toffy und einem Galopp am Meer. Die Sonne hat geschienen, es war warm und –“ Sie brach mitten im Satz ab. Ihr Blick fiel auf das regennasse Fenster. „Oh, nein!“, stöhnte sie. „Das ist nicht wahr, oder?“

„Leider doch", erwiderte Marie.
„Und jetzt?", kam es von Benni.
„Jetzt können wir nur hoffen, dass es bei uns zu Hause nicht regnet", sagte Luca. „Sonst klingelt in zwei Minuten Maries Telefon und wir dürfen den Ritt abbrechen."
Marie warf einen ängstlichen Blick auf ihr Handydisplay. „Soll ich es ausschalten? Dann wär ich nicht erreichbar."
„Nee, das kannst du nicht machen." Emily schälte sich aus dem Bett und gähnte noch einmal. „Lasst uns lieber die Daumen drücken, dass der Regen sich bald verzieht und wir aufbrechen können. Nach dem Frühstück scheint vielleicht schon wieder die Sonne."
„Du bist ja eine Optimistin", meinte Marie.
„Ja, bin ich." Emily schlüpfte lachend ins Badezimmer. „Und wie!"

Als sie zum Frühstück hinuntergingen, waren die Drillinge schon bei ihrer Tagesmutter. Der Hausherr war trotz des Regens auf dem Feld. Frau Thiedemann stellte einen Brötchenkorb auf den Tisch.
„Habt ihr gut geschlafen? Was möchtet ihr trinken: Milch, Kakao oder Tee?", fragte sie.

Die vier entschieden sich für Tee.
„Wir haben toll geschlafen", sagte Marie und belegte eine Brötchenhälfte mit Käse. „Leider hat der Regen uns geweckt."
Frau Thiedemann warf einen Blick aus dem Fenster. „Ach, das wird schon wieder", meinte sie. „Dahinten blitzt schon der blaue Himmel durch. Bis ihr losreitet, scheint die Sonne. Glaubt mir."
„Noch eine Optimistin", murmelte Marie. „Und das am frühen Morgen."
Emily knuffte sie in die Seite.
„Ich mache euch noch ein paar Lunchpakete für unterwegs", sagte Frau Thiedemann. „Wollt ihr eine Thermoskanne mit Tee mitnehmen?"
„Oh ja, gerne!" Benni strahlte. „Vielen Dank."
„Kein Problem", lächelte die Gastgeberin.
Plötzlich sprang Luca auf. „Hey, der Regen wird tatsächlich weniger! Es nieselt nur noch ein bisschen."
Benni stellte sich zu ihm ans Fenster. „Dann sollten wir demnächst losreiten."
Sie tranken ihren Tee aus und gingen noch einmal hinauf, um ihre Sachen zu packen. Als sie wieder herunterkamen, reichte Frau Thiedemann ihnen die Lunchpakete

und eine Thermoskanne. „Ihr könnt sie zurückbringen, wenn ihr mal in der Nähe seid“, sagte sie. „Es eilt nicht.“
„Machen wir“, versprach Luca und bedankte sich. „Schöne Grüße an Ihren Mann und die Drillinge.“
„Schade, dass wir nicht länger bleiben können“, sagte Marie.
Frau Thiedemann nickte. Sie blieb in der Haustür stehen, als die vier in den Stall gingen, um ihr Sattelzeug und danach die Pferde zu holen.
„Guten Ritt!“, rief sie und winkte. „Passt auf euch auf und kommt gut nach Hause!“
Emily, Marie, Luca und Benni winkten zurück, während sie mit großen Schritten die Pfützen auf dem Hof im Slalom umrundeten.
Emily spürte ein wildes Kribbeln im Bauch. Sie freute sich, dass es weiterging. War heute wirklich schon der vorletzte Tag des Wanderritts? Kaum zu glauben!
Auch die Pferde schienen sich zu freuen. Sie hoben die Köpfe und kamen von sich aus an den Zaun getrabt. Toffy wieherte aufgeregt und drängte sich Emily entgegen.
„Sieht aus, als ob er auf den Arm will. Ist er nicht zu groß für ein Schoßhündchen?“, flachste Marie.

Emily streckte ihr die Zunge raus und begrüßte Toffy. Die Wiedersehensfreude ihres Pferdes rührte sie.
„Hey, hast du mich etwa vermisst?“
Toffy senkte den Kopf und schnoberte mit weichen Lippen nach einem Leckerbissen. Emily griff in die Tasche ihrer Reitweste und holte einen Apfel hervor, den sie vom Frühstückstisch stibitzt hatte.
Toffy kaute genüsslich darauf herum. Als er den Huf hob und um Nachschub bat, schüttelte Emily den Kopf: „Tut mir leid, mehr gibt's nicht.“ Sie legte ihm den Sattel auf und zog den Gurt unter seinem Bauch hindurch. „Erst die Arbeit, dann die Belohnung!“
Als sie hintereinander vom Hof ritten, schob eine Windböe die letzten Regenwolken beiseite. Die Sonne kam zum Vorschein. Die Luft war wie rein gewaschen. Sie roch frisch und würzig und nach Meer.
Frau Thiedemann winkte aus einem geöffneten Fenster. Die vier winkten zurück, dann legten sie die Schenkel an. Bonito ging wie üblich an der Tete. Er stieß ein schmetterndes Wiehern aus und fiel nach wenigen Metern von alleine in einen flotten Trab. Die anderen Pferde folgten seinem Beispiel. Sie hoben die Nasen und begrüßten den Morgen.

Marie strich Robbie über die Mähne. Sie atmete tief ein und wieder aus. „Morgen geht's schon wieder heimwärts. Ich mag gar nicht daran denken."
„Dann tu's doch nicht", meinte Luca. „Genieß einfach den schönen Tag!"
Als sie an einem Feld vorbeikamen, sahen sie Herrn Thiedemann. Er saß auf einem riesigen Traktor und zog mit einem Pflug Furchen in die feuchte Erde. Sie winkten. Herr Thiedemann hob eine Hand und winkte zurück.
Luca ließ die Abteilung angaloppieren. Solange nicht alle Stoppelfelder gepflügt waren, durften sie noch darüberreiten. Bonito buckelte ein paarmal. Luca grinste nur und klopfte ihm den Hals.
Am Ende des Ackers parierten sie durch. Die Pferde schnaubten und streckten sich.
Marie war außer Atem. „Das war echt cool!", strahlte sie.
„Man müsste immer so weitergaloppieren", meinte Benni. „Bis ans Ende der Welt!"
„Dann pass auf, dass du nicht runterfällst", sagte Luca. „Ich hab neulich irgendwo gelesen, dass die Erde eine Scheibe ist. Wenn man da nicht rechtzeitig bremst …"

„Was hattest du im letzten Zeugnis in Geo?“, fragte Benni grinsend. „War’s noch eine Vier oder doch schon eine Fünf?“
„’ne Vier“, antwortete Luca prompt. „Zwar eine schwache, aber immerhin!“
Marie und Emily kicherten.
Als sie an eine Weggabelung kamen, hielten sie an und saßen ab. Luca faltete die Karte auseinander.
„Wie weit ist es noch?“ Marie schob neugierig ihren Kopf über seine Schulter.
„Nicht sehr weit“, antwortete Luca. „Gegen Mittag sollten wir da sein.“
Emily blinzelte in die Sonne. Der Himmel war inzwischen fast wolkenlos. „Super! Dann können wir ja danach vielleicht doch noch an den Strand.“
„Dann los!“, rief Benni. „Je früher wir da sind, desto mehr haben wir noch vom Tag!“
Sie schwangen sich in die Sättel und trabten weiter. Im Unterholz schreckten zwei junge Fasane auf und flogen davon.

Alles hat ein Ende, auch die total perfekten Pferdeferien

Der Reiterhof am Meer, das letzte Ziel des Wanderritts, entpuppte sich als Gestüt und Pferdepension. Mehrere große, gepflegte Ställe, eine riesige Reithalle, ein Springparcours und weitläufige Außenreitanlagen prägten das Bild des Hofes. Auf einem schattigen Parkplatz standen Pferdetransporter und Autos mit unterschiedlichsten Kennzeichen. Einige kamen sogar aus dem Ausland.

Emily, Marie, Benni und Luca ließen ihre Pferde im Schritt durch eine Allee gehen. Auf der anderen Seite des Zaunes trabten Rappen, Füchse, Schimmel und Braune neben ihnen her, als wollten sie sie begrüßen.

Bonito wieherte aufgeregt. Robbie steppte seitwärts. Möwe bummelte gleichmütig mit den Ohren.
Auf einer weiteren Koppel standen Mutterstuten mit ihren Fohlen. Die vier Freunde waren beeindruckt, als sie auf den Hof ritten. Aus mehreren weit geöffneten Boxenfenstern lugten neugierige Pferdegesichter hervor.
„Wow!“, staunte Benni. „Das ist ja ein ziemlicher Luxusstall. Sind wir hier auch richtig?“
„Jepp“, machte Luca.
Das Klappern der Hufeisen war anscheinend bis ins Innere der Ställe gedrungen. Ein kleiner Mischlingshund kam um die Ecke geschossen und sprang jaulend und kläffend um die Pferde herum. Kurz darauf tauchte ein brauner Wuschelkopf in einer der Stalltüren auf.
„Hi!“, rief das Mädchen, dem die braunen Locken gehörten. „Ich komme gleich!“
Emily, Marie, Luca und Benni ließen sich aus den Sätteln gleiten und lösten die Gurte. Sie streckten sich, während sie sich aufmerksam umschauten.
Links und rechts neben den Stalltüren standen kugelförmig geschnittene Bäumchen in großen Töpfen. Auf dem sorgfältig verlegten Pflaster war nicht ein Strohhalm zu sehen. Alles wirkte sauber und aufgeräumt.

„Hi!“, sagte das Mädchen noch einmal, als es aus dem Stall trat und auf die vier zuging.
„Ihr seid die Wanderreiter vom Brombeerhain, stimmt's? Ich bin Florentine Bauer, angehende Pferdewirtin.“ Sie versuchte den frechen Mischlingshund abzuschütteln, der wie ein Flummi an ihr hochsprang, und lachte. „Das ist Luis, mein ständiger Begleiter. Ihr müsst keine Angst vor ihm haben. Wenn ihr ihm nichts tut, tut er euch auch nichts. Er liebt Pferdemenschen.“
Nacheinander schüttelten die Freunde Florentine die Hand und stellten sich vor. Florentine war ihnen auf Anhieb sympathisch. Sie hatte eine fröhliche und offene Art, die ansteckend war.
„Und das sind eure Pferde“, sagte sie und begrüßte Bonito, Robbie, Toffy und Möwe. „Schön, ein richtig bunter Haufen! Es macht bestimmt Spaß, mit ihnen unterwegs zu sein.“ Sie pustete sich eine widerspenstige Haarsträhne aus dem Gesicht. „Hätte ich auch mal Lust zu. Aber leider komm ich hier kaum weg. Wir haben Hochsaison. Der Stall ist voll mit Pensionspferden, die versorgt werden müssen.“
„Machst du das etwa alles allein?“, fragte Emily.
„Nee“, erwiderte Florentine lachend. „Der Hof gehört

meinen Eltern. Die sind für alles verantwortlich. Meine Brüder und ich teilen uns die Arbeit in den Ställen. Ich hab drei ältere Brüder. Das ist manchmal ganz schön anstrengend. Zum Glück sind wir alle total pferdeverrückt. Sonst wär's gar nicht auszuhalten."
„Eine richtige Pferdefamilie, wie cool!" Luca kraulte Luis.
Florentine nickte. „Ihr wollt bestimmt zuerst wissen, wo ihr eure Pferde unterstellen könnt." Sie stemmte eine Hand in die Hüften und tippte sich mit einem Finger der anderen Hand an die Nasenspitze. „Da gibt es leider ein winzig kleines Problem …"
„Ein kleines Problem?", fragte Marie und schluckte.
„Keine Bange, nichts Schlimmes", sagte Florentine sofort. „Es ist nur so, dass wir total ausgebucht sind. Die Ställe und das Gästehaus sind proppenvoll bis unters Dach. Aber ich hatte eine geniale Idee. Kommt mit, ich zeig's euch!" Von einem Ohr zum anderen grinsend stapfte sie voraus.
„Und die Pferde?", fragte Emily. „Wir können sie doch nicht einfach hier stehenlassen."
„Nehmt sie am besten gleich mit!" Florentine ging quer über den Hof und schlug dann einen schmalen Pfad ein,

der sich hinter der Reithalle entlangschlängelte. Die vier Freunde führten ihre Pferde im Gänsemarsch hinter ihr her. Als Florentine nach wenigen Metern stehen blieb, hielten sie an.
„Tada!“, rief Florentine und breitete die Arme aus. „Herzlich willkommen auf eurem ganz privaten Pferde-Campingplatz!“
Sie standen auf einem umzäunten Rasenstück, das an drei Seiten von Bäumen eingefasst war. Die vierte Seite öffnete sich zum Meer.
„Wow!“, entfuhr es Benni.
Der Blick auf den menschenleeren Strand und die knallblaue See war einfach atemberaubend.
Emily bemerkte zwei Zelte. „Hier dürfen wir übernachten? Echt wahr?“
Florentine strahlte. „Ich wusste, dass es euch gefällt! Hier habt ihr eure Ruhe, könnt die ganze Zeit mit den Pferden abhängen und seid in null Komma nix am Strand. Nicht schlecht, oder?“
„Nicht schlecht?“ Luca holte tief Luft. „Das ist der Hammer!“
„Ist ja auch mein Lieblingsplatz“, verriet Florentine. „Wenn ich mal allein sein will, verkriech ich mich gerne

hier. Und wenn meine Brüder und ich Freunde zu Besuch haben, ist hier immer ein Plätzchen frei."
Benni bedankte sich überschwänglich.
Florentine winkte ab. „Hauptsache, ihr fühlt euch wohl. Ist ja leider nur für eine Nacht", meinte sie. „Macht's euch gemütlich. Wenn ihr was braucht, findet ihr mich irgendwo im Stall. Immer laut Florentine rufen, dann komm ich sofort!"
Wie zur Bestätigung bellte Luis und wedelte mit dem Schwanz. Florentine tätschelte seinen Kopf. „Wir müssen zurück an die Arbeit. Ciao, bis später!" Fröhlich pfeifend trabte sie davon.
„Ciao!", rief Luca. „Und danke noch mal!"
„Die ist ja nett", meinte Marie, während sie Robbie absattelte.
„Das kannst du laut sagen", nickte Benni.
„Echt beneidenswert hier zu leben", meinte Luca.
Emily stimmte ihm zu. „Ja, aber es ist bestimmt auch eine Menge Arbeit."
Sie ließen die Pferde frei laufen und besichtigten die beiden Zelte. In jedem lagen je zwei Isomatten bereit. In der Ecke des einen Zeltes stand sogar eine Kühltasche, randvoll gefüllt mit Limoflaschen und Schokoriegeln.

„Das ist ja fast wie im Schlaraffenland!" Luca warf seinen Schlafsack auf eine Matte und streckte sich darauf aus. „Wenn wir unseren nächsten Wanderritt planen, sollten wir unbedingt ein paar Tage mehr einkalkulieren und uns hier ein bisschen länger einquartieren."
Benni legte sich auf die andere Matte, verschränkte die Hände vor der Brust und schloss die Augen. „Stimmt. Hier könnte ich glatt den Rest der Ferien verbringen."
Emily und Marie schleppten ihre Rucksäcke und Schlafsackrollen in das andere Zelt. Dann schlüpften sie aus ihren Klamotten und zogen die Badeanzüge an.
„Wer zuerst im Wasser ist!", riefen sie.
Aus dem Zelt der Jungs drangen Schnarchgeräusche und unwilliges Knurren. Es hörte sich nicht so an, als hätten Luca und Benni große Lust auf ein Bad im Meer.
Emily zuckte mit den Schultern. „Wer so einen herrlichen Tag verpennt, ist selbst schuld!"
Sie und Marie hatten keine Lust, länger zu warten. Sie liefen über die Wiese hinunter an den breiten Sandstrand und sprangen in die glitzernden Wellen.
„Guck mal: der arme Toffy!", rief Marie, als sie prustend wieder auftauchte und sich die nassen Haare aus dem Gesicht wischte.

Emily folgte ihrem Blick. „Oje", meinte sie. „Ich glaub fast, der ist neidisch auf uns."

Toffy trabte unruhig hinter dem Zaun hin und her und wieherte schrill. Immer wieder blieb er stehen, hob den Kopf und starrte mit weit aufgerissenen Augen sehnsüchtig auf das Meer.

„Er muss echt von einem Seepferdchen abstammen", vermutete Marie lachend.

„Eher von einem Walross", kicherte Emily. Sie schwamm zurück ans Ufer, schüttelte das Salzwasser ab und warf sich in den warmen Sand.

Marie tauchte nach Muscheln und kleinen Seesternen. Als sie keine fand, watete sie ebenfalls an den Strand. Sie streckte sich neben Emily aus und seufzte.

„Was ist?", fragte Emily.

„Morgen ist unser letzter Tag. Morgen um diese Zeit sind wir schon fast wieder zu Hause." Marie drehte sich auf den Bauch und stützte das Kinn auf.

„Auch der schönste Wanderritt ist leider mal zu Ende", sagte Emily. Sie griff in den feinen Sand und ließ ihn zwischen ihren Fingern hindurchrieseln. „Aber ein bisschen freue ich mich auch auf den Brombeerhain. Und auf Hexe natürlich", fügte sie hinzu.

„Vielleicht hat Frau Schneider ja schon alles klargemacht“, nickte Marie.
Entgegen ihrer sonst so optimistischen Art machte Emily ein bedenkliches Gesicht. „So schnell wird das wohl nichts“, antwortete sie. „Sven wird sich Hexe bestimmt zuerst mal in Ruhe anschauen, um zu sehen, in welchem Zustand sie überhaupt ist. Dann wird er einen Tierarzt und den Schmied anschleppen und mit Familie Schneider verhandeln. Du kennst ihn doch!“
„Ja, klar. Wahrscheinlich hast du Recht“, murmelte Marie. „Wenn er erst mal in Hexes traurige Augen geblickt hat, wird er ihr bestimmt nicht widerstehen können.“
„Das glaub ich auch. Sven hat zum Glück ein großes Herz für Tiere in Not“, erwiderte Emily.
„Hey!“, rief jemand.
Die Mädchen schauten auf. Benni und Luca kamen durch den Sand gestapft.
„Nanu“, spöttelte Marie. „Die schnarchenden Schlafmützen geben sich die Ehre!“
Luca lachte.
Benni warf sich neben Emily und gab ihr einen Kuss auf die Nasenspitze. „Du schmeckst salzig“, stellte er fest.
Luca setzte sich neben Marie. Er nahm eine Handvoll

Sand und malte damit Kringel und Kreise auf ihren Rücken.
„Hey, das kitzelt!", kicherte Marie.
„Florentine war gerade da", erzählte Benni. „Ihre Familie veranstaltet heute Abend ein großes Grillfest für die Feriengäste. Mit Lagerfeuer, Würstchen und allem Drum und Dran. Wir sind eingeladen."
„Cool", meinte Emily. „Wann und wo?"
„Um acht hier am Strand", antwortete Benni.
„Das ist ja nett!" Marie freute sich. „Ich darf nur nicht vergessen vorher meine Eltern anzurufen."
„Erzähl ihnen lieber nichts von dem Lagerfeuer", grinste Luca. „Sonst machen sie sich nur wieder Sorgen und kommen mit einem Feuerlöscher vorbei."
Marie drehte sich auf den Rücken und zeigte ihm einen Vogel.
Luca schaute aufs Meer, als würde er über etwas nachdenken.
„Apropos telefonieren …", sagte er. „Was haltet ihr davon, wenn wir uns mal bei Sven melden? Wir könnten ihm von Hexe erzählen und vielleicht schon mal vorfühlen, was er von der ganzen Aktion hält. Ich finde, wir sollten ihn schonend darauf vorbereiten, dass Frau

Schneider demnächst bei ihm anruft und er womöglich ein neues Pferd bekommt."

„Ja, super Idee", stimmte Emily ihm zu. „Sonst fühlt er sich noch überrumpelt und sagt Nein. Das darf auf keinen Fall passieren!"

Benni gab ihr Recht. „Wir sollten ihn einweihen."

Marie sprang auf und klopfte den Sand von ihrem Badeanzug. „Warum machen wir's nicht gleich? Um diese Uhrzeit ist er immer gut zu erreichen!"

Die anderen schauten sich an, dann nickten sie.

„Ich hol das Handy!", rief Marie.

„Ich komm mit!", sagte Emily.

Sie liefen zu ihrem Zelt, krochen hinein, trockneten sich im Eilverfahren ab und schlüpften schließlich in Shorts und T-Shirts. Mit dem Handy in der Hand rannten sie zu den Jungs zurück.

Marie hatte schon die Nummer des Brombeerhains eingetippt.

„Hi, Sven!", sagte sie atemlos, als der Reitlehrer sich nach kurzem Klingeln meldete. „Ja, danke. Uns geht's gut. Den Pferden auch."

Emily, Benni und Luca drängten sich um sie und versuchten zu lauschen. Marie schaltete auf Lautsprecherfunktion um und erzählte Sven etwas vom Wetter, von ihren Gastgebern und den Pferden. Dann sagte sie plötzlich: „Momentchen. Ich glaub, Luca will dir noch was Wichtiges mitteilen!“

Grinsend reichte sie das Handy weiter.

Luca zog die Augenbrauen zusammen.

„Was soll ich denn sagen?“, zischte er leise.

„Denk dir einfach was Schönes aus“, erwiderte Marie und unterdrückte ein Kichern.

„Ähm, hallo“, sagte Luca. „Hier ist alles klar so weit.“

Er legte eine Pause ein und schaltete das Mikrofon aus. Dann stand er auf, entfernte sich ein paar Schritte und drehte sich um. Die erwartungsvollen Blicke der anderen machten ihn nervös.

Gespannt versuchten Benni, Marie und Emily dem weiteren Gesprächsverlauf zu folgen.

Emily drückte beide Daumen so fest, dass die Knöchel weiß hervortraten, und lauschte angestrengt. Doch das unablässige Rauschen der Wellen und des Windes machte es unmöglich, mehr als einzelne Satzfetzen aufzuschnappen.

Luca erzählte, wie sie die Stute entdeckt hatten, und beschrieb den Zustand des Pferdes. Sven schien aufmerksam zuzuhören, ohne etwas zu erwidern. Luca schilderte ihre Fütterungsaktion und ihren Besuch bei Familie Schneider. Er gab das Gespräch mit Bennis Mutter kurz wieder, dann holte er Luft und sagte laut: „Wir haben ihr vorgeschlagen Hexe als Pensionspferd im Reitverein Brombeerhain unterzustellen. Und wir haben ihr angeboten uns um Hexe zu kümmern und Maximilian Reitunterricht zu geben. Umsonst natürlich", fügte er sicherheitshalber hinzu. Er drehte sich um und reckte einen Daumen in die Luft, während er gleichzeitig seine Zehen in den Sand bohrte und der Reaktion des Reitlehrers lauschte. Ganz kurz verfinsterte sich sein Gesicht, doch dann grinste er breit.

„Echt jetzt?", fragte er. „Das ist ja genial! Vielen Dank! Bis morgen. Tschüs!" Luca klappte das Handy zu und ballte eine Hand zur Faust. „Yes!", stieß er hervor.

Benni, Marie und Emily umringten ihn aufgeregt.

„Was hat Sven gesagt?", wollte Marie wissen.

„Spuck's aus!", drängelte Benni. „Erlaubt er's?"

„Ist er einverstanden?", fragte Emily. Sie hielt ihre Daumen immer noch gedrückt.

„Ja, ja und ja!", rief Luca lachend. „Er hat zu allem Ja gesagt!"

Lauter Jubel brach aus. Emily und Marie fassten sich an den Händen und hüpften um Luca und Benni herum.
„Der Reitverein nimmt Hexe als Pensionspferd auf", sagte Luca atemlos. „Sven hat versprochen Schneiders einen Sonderpreis zu machen. Die Rettungsaktion soll nicht am Geld scheitern, hat er gesagt, und dass der Verein ein Extrakonto für solche Notfälle hat. Er will Frau Schneider heute noch anrufen und alles klarmachen. Ich schick ihm gleich noch die Telefonnummer per SMS." Luca nahm Marie in den Arm und schwenkte sie im Kreis herum. „Ist das nicht cool? Hexe bekommt ein neues Zuhause!"
Emily strahlte Benni an.
„Wahnsinn!", sagte sie zu ihm und gab ihm einen Kuss. „Alles wird gut! Ich hab's gewusst!"
„Sven hat übrigens noch was gesagt." Luca ließ Marie vorsichtig herunter.
„Was denn?", fragte Marie.
„Dass er stolz auf uns ist", antwortete Luca. „Wir hätten genau richtig gehandelt, hat er gesagt. Ganz in seinem Sinn und zum Wohl des Pferdes."
„Das hat er gesagt?", staunte Marie. „Er hat nicht gemeckert? Von wegen *eigenmächtiges Handeln* und so?"

„Kein Stück!“ Luca bückte sich, hob einen flachen Stein auf und ließ ihn übers Wasser springen. „Zuerst hat er ein bisschen gestutzt. Aber dann war er sofort auf unserer Seite. Ihr wisst ja: Tierschutz geht ihm über alles.“
„Das ist so super!“ Emily wusste gar nicht, wohin mit ihrer Freude. Sie hüpfte, sprang und jubelte, weil sie so erleichtert war. „Jetzt müssen wir nur noch sämtliche Daumen drücken, dass Familie Schneider sich nicht querstellt. Dann ist Hexe wirklich gerettet!“

Am Abend zog der würzige Duft von Feuerholz über den Zeltplatz. Vom Strand drangen gedämpfte Stimmen und Gelächter herauf. Die Luft war noch warm. Emily, Luca, Benni und Marie hatten im Gästehaus geduscht. Jetzt schlüpften sie in die letzten frischen Sachen, die sie in ihren Rucksäcken noch finden konnten.
„Wir können da nicht mit dreckigen Klamotten antanzen“, meinte Luca. Er zog sich einen schnurgeraden Scheitel ins feuchte Haar. „Ein bisschen Stil muss sein!“
„Willst du dir vielleicht auch noch ein Bügeleisen ausleihen und deine Jeans bügeln?“, spottete Benni.

„Nee. Das geht zu weit“, grinste Luca.
Emily und Marie klopften an die Zeltstange.
„Seid ihr endlich fertig?“, fragte Marie.
Emily seufzte. „Jungs brauchen immer länger als Mädchen, egal wobei. Hab ich neulich erst gelesen.“
Luca zog die Augenbrauen zusammen.
„War nur ’n Witz!“, kicherte Emily, als sie sein Gesicht sah.

Luis begrüßte die vier mit Schwanzwedeln und lautem Kläffen. Benni hob ein Stück Holz auf und warf es für den quirligen Hund weg. Luis wurde nicht müde das Stöckchen zu holen und zu Benni zurückzutragen.
„Das geht jetzt stundenlang so weiter!“, lachte Florentine.
Sie stellte den Freunden ihre Eltern und Brüder vor. Sie erwiesen sich als genauso nett und fröhlich wie sie. Die Mutter verteilte Teller und Besteck. Der Vater stand am Grill und wendete Koteletts und Würstchen.
Florentines Brüder hatten das Lagerfeuer aufgeschichtet. Die Flammen strahlten so viel Hitze aus, dass die Gäste lieber ein paar Meter Abstand hielten.
„Was möchtet ihr trinken?“, fragte Florentines älterer

Bruder. Er musterte Marie, Emily, Benni und Luca lächelnd. „Für Bier vom Fass seid ihr wohl noch ein bisschen zu jung.“

„Malzbier tut's auch“, entgegnete Luca.

„Klar“, nickte Benni.

Marie und Emily entschieden sich für Zitronenlimo und schnappten sich zwei Stockbrote, die sie über das Feuer hielten. Sie achteten darauf, den züngelnden Flammen nicht zu nahe zu kommen. Als der Teig knusprig braun gebacken war, suchten sie sich ein gemütliches Plätzchen auf einem flachen Stein in Ufernähe. Das Stockbrot war heiß und lecker.

„Wollt ihr kein Fleisch?“, fragte Luca.

Er und Benni ließen sich in den Sand fallen. Ihre Teller waren mit Koteletts, Grillwürsten, Kartoffelsalat und verschiedenen Grillsoßen beladen. Luis ließ sich zu ihren Füßen nieder und leckte sich voller Erwartung die Schnauze.

„Vielleicht später.“ Marie beäugte den riesigen Futterberg auf den Tellern der Jungs. „Schafft ihr das auch alles?“

„Logo“, mümmelte Luca und biss von einer Wurst ab. „Wir wachsen schließlich noch!“

„Außerdem haben wir in den letzten Tagen total viele Kalorien verbrannt“, meinte Benni. „Die müssen wir erst mal wieder auffüllen.“
„Ja, klar“, lachte Emily.

Sie saßen bis spätabends mit Florentine, ihrer Familie und den anderen Gästen zusammen, die auf dem Hof Urlaub machten, und erzählten von ihren Erlebnissen auf dem Wanderritt. Florentines Mutter staunte über ihren Mut, so ganz allein durch die Gegend zu reiten.
„Wieso denn allein?“, fragte Luca zurück. „Wir sind zu viert und wir haben unsere Pferde. Wir sind nie allein.“
„Und morgen geht's schon wieder nach Hause“, sagte Emily traurig. „Echt schade.“
„Ihr habt doch noch ein paar Wochen Ferien, oder?“ Florentine zog die Nase kraus, was ihrem Gesicht einen frechen Ausdruck verlieh. „Kommt doch gegen Ende der Ferien einfach noch mal vorbei. Dann ist bei uns der größte Andrang vorüber und wir haben ein bisschen mehr Platz und Zeit für euch. Es muss ja nicht gleich für eine ganze Woche sein. Wenn ihr nicht so lange dürft, reichen auch zwei, drei Tage oder ein Wochenende.“
Emilys Augen funkelten. „Oh ja! In den nächsten Ta-

gen müssen wir uns noch um ein paar wichtige Dinge kümmern" – sie dachte an Hexe und deren Rettung und Umzug in den Brombeerhain –, „aber danach fragen wir einfach unsere Eltern. Vielleicht erlauben sie's ja."

„Warum sollten sie's nicht erlauben?" Marie war Feuer und Flamme. „In den vergangenen Tagen haben wir schließlich bewiesen, dass sie sich auf uns verlassen können. Unser Ritt ist so glatt verlaufen, dass sie uns ruhig noch ein paar Extratage genehmigen können."

„Finde ich auch", nickte Benni.

„Aber nur unter einer Bedingung", mischte Luca sich ein. Die anderen guckten ihn an.

Er lachte. „Wir kommen nur zurück, wenn wir wieder auf dem Privatcampingplatz wohnen dürfen!"

„Klar, ist gebongt!" Florentine hob eine Hand und klatschte ihn ab. „Ich lass die Zelte einfach stehen. Sturm oder Hagel wird's in nächster Zeit hoffentlich nicht geben."

Gegen Mitternacht krochen Emily, Marie, Luca und Benni in die Zelte. Sie waren müde, satt und zufrieden.

Emily wünschte den Jungs eine gute Nacht, dann krabbelte sie in ihren Schlafsack und zog den Reißverschluss bis zum Hals zu. „Ist das gemütlich!“, seufzte sie und kuschelte sich behaglich tiefer hinein.
„Oh ja!“, stimmte Marie ihr zu und schnurrte leise.
Die Pferde standen in der Nähe der Zelte. Hin und wieder hörten sie sie prusten. Aus dem Zelt der Jungs drang Gelächter. Irgendwann verstummte es und es wurde still. Ein Käuzchen rief. Vom Strand drangen noch Stimmen herauf. Die letzten Gäste und Florentines Brüder warteten darauf, dass das Feuer erlosch.
Emily musste daran denken, was Florentines Vater vorhin erzählt hatte. In alten Zeiten hatten die Küstenbewohner große Strandfeuer angezündet und mit ihnen Frachtschiffe in flache Gewässer gelockt, um sie auszurauben. Die Schiffsbesatzungen hielten die Flammen für Leuchtfeuer und steuerten genau darauf zu. Wenn sie ihren Irrtum bemerkten, war es meist zu spät. Die Schiffe liefen in dem flachen Wasser auf Grund. Die Strandpiraten mussten sie nur noch entern und die Beute von Bord tragen. Emily fand das total spannend.
Echte Piraten, dachte sie schläfrig. Wow!

Marie gähnte und schloss die Augen. „Hoffentlich verschlafen wir morgen früh nicht."
„Nee, glaub ich nicht", meinte Emily und rollte sich auf die Seite. „Die Pferde werden uns schon pünktlich wecken. Weißt du, worauf ich mich am meisten freue?"
„Nee, sag schon", murmelte Marie schläfrig.
„Auf das Wiedersehen mit Hexe", antwortete Emily. „Morgen Mittag sehen wir sie wieder. Ob sie uns wiedererkennt und sich freut? Vielleicht kann Florentine uns ja ein bisschen Hafer mitgeben. Dann können wir Hexe wieder füttern. Was meinst du?"
Von Marie kam keine Antwort mehr. Sie war tief und fest eingeschlafen und schnarchte sogar ein bisschen.
Emily grinste. Sie versuchte sich das Wiedersehen mit der einsamen Stute auszumalen, aber dann fielen ihr auch die Augen zu.
Toffy stand neben dem Zelt und lauschte mit gespitzten Ohren auf die regelmäßigen Atemzüge der Mädchen. Zufrieden drehte er sich um und suchte seine Weidegenossen, um die Nacht in ihrer Gesellschaft zu verbringen.

Ein Wiedersehen mit Hexe

Am frühen Morgen wurde Emily von einem sehr merkwürdigen Geräusch geweckt. Zuerst dachte sie, dass sie vielleicht noch träumte – besonders, als plötzlich große, dunkle Schatten auf das Zeltdach fielen.
Etwas schien über die Plane zu schaben. Das Zelt wackelte. Emily kniff die Augen zu und verkroch sich bis zur Nasenspitze in ihrem Schlafsack.
„Marie! Schläfst du noch? Wach auf, bitte!", flüsterte sie eindringlich. Sie wagte einen Blick über den Rand ihres Schlafsacks. Marie lag neben ihr und schlief tief und fest. Sie bekam nichts davon mit, dass genau in diesem Moment ein Monster damit beschäftigt war, das Zelt über ihren Köpfen zu verspeisen.
„Marie!", zischte Emily ein bisschen lauter.
Von Marie kam nur ein unwilliges Knurren.

Emily stöhnte leise auf. Wie spät es wohl war? Sie traute sich nicht, ihr Handy aus dem Rucksack zu holen, um nachzusehen. Plötzlich hörte sie ein lautes Schnauben und riss die Augen auf.
„Moment mal!“, sagte sie. Dann fing sie an zu kichern. Die Schatten waren keine Monster mit Appetit auf Zeltstoff, sondern zwei Pferde, die in aller Seelenruhe die Plane ableckten!
Marie tauchte mit wirren Haaren und schmalen Augen aus den Tiefen ihres Schlafsacks auf.
„Was ist das denn?“
„Die Pferde schlabbern unser Zelt ab!“, kicherte Emily.
Marie grinste. „Wahrscheinlich lecken sie den Morgentau ab.“
Emily legte sich auf den Rücken und starrte auf das Zeltdach. Immer wieder fuhr eine breite Pferdezunge darüber. Als Emily von unten eine Hand dagegendrückte, spürte sie die Wärme.
„Toffy, bist du das?“, fragte sie.
„Nein!“, kam eine laute Stimme aus dem Nachbarzelt. „Der sabbert gerade unser Zelt voll! Bei euch stehen Möwe und Robbie!“
Emily und Marie guckten sich an und prusteten. An-

scheinend hatten sich Möwe und Robbie das Mädchenzelt vorgenommen, Toffy und Bonito das Zelt der Jungs.
„Was für eine schöne Art, geweckt zu werden", meinte Marie. „Allerdings vielleicht ein kleines bisschen zu früh." Ein kurzer Blick auf ihren Wecker verriet ihr, dass es erst kurz nach sechs war. Viel zu früh, um aufzustehen!
„Auf diese Weise haben wir wenigstens nicht verschlafen." Im Gegensatz zu Marie war Emily hellwach.
„Seid ihr etwa schon aufgestanden?", ertönte Bennis Stimme.
„Nö!", rief Emily zurück. „Der Weckdienst hat gerade erst zugeschlagen."
Sie hörte, wie der Reißverschluss des Nachbarzelts aufgezogen wurde, und gedämpftes Stimmengemurmel. Kurz darauf schoben sich die Köpfe der Jungs in ihr Zelt.
„Moin!", sagte Luca.
„Pst!" Emily zeigte auf Marie, die mit geschlossenen Augen dalag, als wäre sie wieder eingenickt.
„Ihr braucht nicht zu flüstern", murmelte Marie. „Ich bin wach."
„Wenn wir alle wach sind, können wir auch gleich frühstücken gehen", schlug Luca vor. „Je eher wir losreiten, desto schneller sind wir bei Hexe."

„Hexe!“ Emily wühlte sich aus ihrem Schlafsack. „Gebt uns fünf Minuten!“
Benni grinste. „Nun mach mal keinen Stress. Wir haben Zeit genug. Vielleicht gibt's noch gar kein Frühstück. Wir können unsere Gastgeber schließlich nicht aus den Betten werfen, oder?“
Emily musste ihm Recht geben. Obwohl –
„Pferdeleute stehen immer früh auf“, sagte sie. „Ich wette, Florentine und ihre Brüder sind schon längst im Stall bei der Arbeit.“
„Na gut.“ Luca zog seinen Kopf zurück. „Wir ziehen uns an und schauen mal nach, ob wir schon was zu futtern kriegen.“
„Einverstanden“, erwiderte Marie. Sie warf Emily einen Blick zu, die schon dabei war, in ihre Reithosen zu schlüpfen, und auf einem Bein durchs Zelt hüpfte. „Aber bitte nicht hetzen. Wir haben doch noch den ganzen Tag vor uns. Sven und unsere Eltern erwarten uns erst am späten Nachmittag zurück.“
„Ja“, brummte Emily. „Trotzdem kann ich's kaum erwarten, loszureiten. Nicht weil es mir hier nicht gefällt, sondern weil ich schnell zu Hexe will. Du etwa nicht?“

„Doch, klar“, nickte Marie. „Aber ich glaube nicht, dass sie uns wegläuft.“
„Stimmt auch wieder“, gab Emily zu.
„Bis gleich“, sagte Luca.
„Ciao“, fügte Benni hinzu und winkte. „Nur kein Stress am letzten Tag!“
Als Emily und Marie wenig später aus dem Zelt kamen und die Pferde begrüßten, hing über dem Meer dichter Nebel. Die Luft war frisch und feucht.
Irgendwo tutete ein Nebelhorn. Emily musste dabei gleich wieder an Schiffe in Not und wilde Strandräuber denken.
Marie zog fröstelnd die Schultern hoch und tätschelte Robbies Hals. Sein Fell fühlte sich kühl an.
„Ich zieh lieber noch einen Pulli über“, sagte sie. „Brauchst du meine Handschuhe noch?“
Emily hielt ihre Hände hoch. Die Wunden waren fast verheilt. „Nein. Zieh du sie ruhig an“, meinte sie. „Ich lass die Zügel unter den Fingern durchlaufen.“
„Wir können ja abwechseln. Zuerst ich, dann du“, schlug Marie vor. Emily nickte.
Die Jungs kamen aus ihrem Zelt und stellten sich zu ihnen. Benni legte einen Arm um Emilys Schultern und

gähnte. Er sah noch ein bisschen verschlafen aus, aber in seinen Augen blitzte es unternehmungslustig.

„Ich könnte glatt ein Pferd zum Frühstück verdrücken“, verkündete er.

„Sag doch nicht so was!“, schimpfte Emily. Sie zeigte auf Möwe, die neben ihnen stand und mit den Ohren spielte, als würde sie jedes Wort verstehen.

Benni lachte. „Okay, ein halbes tut's auch. Von mir aus kann's auch ein Schwein sein. Ich bin nicht wählerisch.“

Auf dem Weg zum Gästehaus stellten die vier fest, dass sie nicht die einzigen Frühaufsteher waren. Einige Reiter machten ihre Pferde gerade für einen Morgenritt am Strand fertig.

Florentines jüngster Bruder rumpelte mit einem Trecker vom Hof. Er winkte Emily, Marie, Benni und Luca zu und rief: „Frühstück steht in der Küche! Florentine ist schon im Stall!“

Sie winkten zurück und betraten das Gästehaus. Aus der Küche drang der verführerische Duft von aufgebackenen Brötchen und heißem Kakao. Benni rieb sich erwartungsvoll den Bauch.

Florentines Mutter begrüßte sie und zeigte ihnen den

Frühstücksraum, wo ein großes Büfett mit Brötchen, Aufschnitt, Marmelade, Obst, Müsli und vielen anderen Köstlichkeiten aufgebaut war.
„Nehmt euch, was ihr mögt", sagte sie. „Es ist genug da."
„Danke schön", sagte Emily.
Sie suchten sich einen freien Tisch, bedienten sich an dem Büfett und frühstückten in aller Ruhe.
Danach bedankten sie sich bei ihren Gastgebern.
Florentines Mutter lud sie ein bald wiederzukommen. Florentines Vater schenkte ihnen zum Abschied ein kleines Buch mit Piratengeschichten.
Emily drückte es an sich, als sie in den Stall gingen, um sich von Florentine zu verabschieden.
„Checkt doch mal, wann ihr Zeit habt", meinte sie, während sie eine Schubkarre mit Pferdemist belud, „und kommt dann einfach vorbei!"
„Machen wir", versprach Benni.
Luis gab zum Abschied Pfötchen. Dann ging es zu den Pferden, um sie zu satteln und aufzuzäumen und die Rucksäcke zu packen.
Im leichten Trab ritten sie kurz darauf vom Hof.
Florentine winkte aus einem geöffneten Stallfenster.

Luis bellte und lief ein Stück neben ihnen her, als wollte er ihnen den richtigen Weg zeigen. Irgendwann drehte er einfach um und lief zurück.

„Ich glaub, die Pferde spüren, dass wir nach Hause reiten.“ Luca klopfte Bonitos Hals. Der Schecke drängte vorwärts, hob immer wieder den Kopf und wieherte.

„Hoffentlich finden wir Hexe wieder“, sagte Emily. „Alleine würde ich den Weg zu ihr bestimmt nicht wiederfinden. Immerhin liegt er nicht gerade auf unserer geplanten Route, oder?“

„Luca hat die Stelle in der Karte eingezeichnet“, sagte Benni. „Kein Problem.“

Emily war beruhigt.

Marie, die neben ihr ritt, schüttelte sich.

„Ist dir zufällig auch so kalt?“, fragte Emily und versteckte die Hände in den Ärmeln ihres Wollpullovers.

„Ja, und wie!“, nickte Marie. Sie zog den Kragen ihrer Reitweste bis unters Kinn. Dichte Nebelschleier hingen über der Landschaft. Es sah gespenstisch und ein bisschen unheimlich aus. „Hoffentlich verzieht sich dieser blöde Nebel bald. Wenn die Sonne erst mal richtig scheint, wird es bestimmt schnell wärmer.“

„Hoffentlich“, brummelte Emily. Sie hauchte Atem in

die Luft und betrachtete die weißen Wölkchen, die sich vor ihrem Mund bildeten.
Toffy und den anderen Pferden schien die Temperatur nichts auszumachen. Im Gegenteil, sie trotteten fröhlich vor sich hin und schnaubten und prusteten zufrieden. Luca und Benni ritten voraus. Sie steckten die Köpfe zusammen und unterhielten sich. Luca hantierte mit der Landkarte und studierte die Wegweiser, die ab und zu auftauchten.
Emily holte tief Luft. Ihr Herz klopfte. Die letzte Etappe ihres Rittes war angebrochen – die Rückkehr nach Hause. Es kam ihr ein bisschen seltsam vor. Die vergangenen Tage waren buchstäblich wie im Galopp vergangen.
„Am besten reiten wir genau den Weg, den wir auch gekommen sind. Einverstanden?“ Luca faltete die Karte zusammen und drehte sich im Sattel um. „Dann finden wir Hexes Weide garantiert wieder.“
Benni streckte sich. „Wir haben jede Menge Zeit.“
Emily und Marie nickten.
Als sie endlich ein freies Feld erreichten, fielen sie in einen gemütlichen Galopp.
Der Nebel lichtete sich langsam. Über dem Meer hing die Morgensonne. Ein einsamer Fischkutter tucker-

te langsam hinaus. Große Seemöwen umkreisten ihn. Man konnte ihre heiseren Schreie hören.
„Müssen wir hier nicht nach links?“, rief Marie, als sie das Ende des Feldes erreichten. Ihre Wangen waren vom Galopp gerötet.
Sie hielten an einer Abzweigung. Luca und Benni saßen ab. Luca zog die Landkarte wieder hervor und verglich die bunten Markierungen der Reitwege mit denen auf der Karte. „Du hast Recht“, sagte er. „Wir können aber auch weiter geradeaus reiten. Das wäre eine Abkürzung.“ Er warf den anderen einen fragenden Blick zu.
„Du bist der Boss und reitest an der Tete“, sagte Benni. „Du bestimmst, wo's langgeht.“
„Dann geradeaus“, sagte Luca.
„Ich bin für links“, sagte Marie.
Emily rollte mit den Augen. „Wollt ihr vielleicht knobeln?“, fragte sie und spielte seufzend mit Toffys Mähne.
Marie zog beleidigt eine Schnute.
„Na gut“, meinte sie schließlich. „Aber wenn es der falsche Weg ist, seid ihr schuld!“
„Klar“, grinste Luca. „Sind wir doch immer.“
Marie streckte ihm die Zunge raus.
Emily und Benni wechselten einen Blick und grinsten.

Der Weg erwies sich als goldrichtig. Als der Frühnebel sich endgültig verzogen und strahlendem Sonnenschein Platz gemacht hatte, erkannten sie die Gegend wieder.
„Es kann nicht mehr weit sein!“ Emily stellte sich in die Steigbügel und spähte nach vorn. Sie war total aufgeregt.
Auch Maries Herz klopfte an jeder Wegbiegung ein bisschen schneller.
„Hier muss es irgendwo sein!“ Luca parierte Bonito durch und glitt aus dem Sattel. Die anderen folgten seinem Beispiel.
Benni schaute sich um. Er runzelte die Stirn. „Bist du sicher? Hier sieht doch alles gleich aus! Soll ich mal auf mein Handy gucken? Das hat GPS und ein eingebautes Navi.“
Bevor Luca antworten konnte, hob Toffy plötzlich den Kopf und wieherte. Ein Pferd antwortete ihm.
Die Freunde starrten sich an.
„Hexe!“, sagten sie wie aus einem Munde.
Emily küsste Toffy auf die Stirn. „Du bist toll!“
Toffy wieherte noch einmal und trat von einem Huf auf den anderen. Wieder bekam er Antwort.
Die anderen Pferde wurden unruhig. Bonito steppte

seitwärts und blieb auf Lucas Fuß stehen. Luca jaulte auf. Er versuchte Bonito mit der Schulter zur Seite zu schieben, aber der verlagerte nur sein Gewicht.
„Muss das sein?", ächzte Luca. „Du bist aber auch ein Pferd, echt!"
Marie, Emily und Luca lachten.
„Wollen wir jetzt endlich mal zu Hexe?", fragte Emily, als Luca seinen Fuß befreit hatte. „Sie wartet!"
Benni holte einen Sack aus einer Satteltasche.
„Premium-Kraftfutter für Pferde und Ponys", las er laut vor. „Mit allen wichtigen Vitaminen, gesunden Mineralstoffen und Spurenelementen für eine optimale Entwicklung."
Das Futter war ein Abschiedsgeschenk von Florentine. Benni klemmte sich den Sack unter den Arm und ging voraus.
„Worauf wartet ihr noch?", fragte er die anderen.
Emily folgte ihm. Sie war so aufgeregt, dass sie fast über ihre eigenen Füße stolperte. Benni lächelte.
Marie stützte Luca. Er humpelte und seufzte wehleidig. Marie kam es vor, als würde er sich extra schwer machen.
„Zum Glück muss Bonito dich nach Hause schleppen und nicht ich", sagte sie.

„Mein Fuß tut wirklich ziemlich weh“, versicherte Luca. „Guck mal, man sieht sogar Bonitos Hufabdruck auf dem Stiefel!“

„Oh ja“, erwiderte Marie, ohne hinzuschauen.

Als sie vor dem dornigen Gestrüpp standen, stellte Benni den Futtersack ab.

„Da wären wir“, sagte er.

Emily hörte aufgeregtes Schnauben und Scharren auf der anderen Seite der Hecke.

„Ganz ruhig“, sagte Benni. „Wir sind gleich bei dir, Hexe!“

Er bog Ranken und Zweige beiseite, schaffte so einen schmalen Durchgang und schlüpfte hindurch. Emily reichte ihm den Futtersack, dann kroch sie selbst hinterher – dicht gefolgt von Marie und Benni, der seine Schmerzen anscheinend vergessen hatte.

Hexe warf sich herum und trabte ein Stück davon. In sicherer Entfernung blieb sie stehen und wandte ihnen den Kopf zu. Sie musterte die vier aufmerksam. Trotz ihrer Magerkeit und des stumpfen Fells sah sie in diesem Augenblick fast schön aus.

Emily, Marie, Benni und Luca bekamen eine kleine Ahnung davon, wie die Schimmelstute aussehen könn-

te, wenn sie sie erst einmal gesund gepflegt hätten. Sie konnten es kaum erwarten, damit anzufangen.
Benni bückte sich, um den Futtersack zu öffnen. Als er mit der Verpackung raschelte, schlug Hexe angespannt mit dem Schweif, aber sie blieb stehen. Luca brummelte ihr beruhigende Worte zu. Sie spitzte die Ohren.
Emily und Marie hielten den Atem an.
Jede schnelle Bewegung vermeidend griff Benni jetzt in den Sack und richtete sich ganz langsam wieder auf. Er hatte die Hand voller Futter und streckte sie Hexe entgegen. Dabei schnalzte er leise mit der Zunge und versuchte die Stute anzulocken.
Hexe machte den Hals ganz lang und nahm Witterung auf. Ihre Nüstern waren weit gebläht. Man konnte ihr ansehen, wie schwer es ihr fiel, eine Entscheidung zu treffen. Ihr Kiefer fing an zu mahlen, als würde sie das Futter schon schmecken. Schließlich senkte sie den Kopf und kam Schritt für Schritt näher.
Ihre Muskeln zeichneten sich unter dem dünnen, struppigen Fell deutlich ab und verrieten ihre Anspannung. Sie war bereit beim kleinsten Anlass auszubrechen.
Emily tat das Herz weh. Sie hatte noch nie zuvor so ein misstrauisches und verängstigtes Pferd gesehen.

„Was haben sie nur mit dir gemacht?“, flüsterte sie.
„Ich glaub, sie ist einfach nicht an Menschen gewöhnt“, sagte Marie. „Sie weiß überhaupt nicht, was sie machen soll.“
Luca nickte. In seiner Miene spiegelte sich eine Mischung aus Mitleid und Wut. Mitleid mit der ängstlichen Schimmelstute, die sich zu jedem Schritt neu überwinden musste. Wut auf die Menschen, die Hexe erst so scheu gemacht hatten.
Luca seufzte. Er wusste, dass es viel Zeit brauchen würde, um das Vertrauen der Stute zu gewinnen, aber er nahm sich fest vor, es zu versuchen. Hexe hatte ein besseres Leben verdient als das hier. Kein Pferd auf der Welt hatte so ein Dasein verdient!
Als Hexe endlich die Nase vorstreckte und mit ihren Lippen nach dem Futter schnoberte, hielt Benni die Luft an. Hexe nahm das Futter direkt aus seiner Hand. Anschließend scharrte sie mit dem Vorderhuf im Gras und bat um mehr.
„Ist sie nicht süß?“ Emily ließ Hexe nicht aus den Augen und lächelte.
„Und wie!“, sagte Marie. Sie hatte einen Kloß im Hals und schluckte ihn schnell runter. Am liebsten wäre sie

Hexe um den Hals gefallen und hätte sie nie wieder losgelassen, aber sie riss sich zusammen. Sie durfte die Stute nicht erschrecken.

„Die wird schon wieder!“, sagte Luca zuversichtlich. „Gute Pflege, richtiges Futter, eine Wurmkur und ein Besuch beim Schmied – dann sieht sie bald aus wie neu. Wetten?“

Als hätte Hexe ihn verstanden, hob sie den Kopf, schaute ihn an und nickte. Als sie leise brummelte, bekam sie von der anderen Seite Antwort.

„Das sind deine neuen Freunde.“ Benni strich Hexe über den Hals. Sie ließ es sich gefallen und schloss kurz die Augen. „Bald nehmen wir dich mit nach Hause. Dann lernst du sie und die anderen Pferde vom Brombeerhain kennen.“

Hexe erwiderte seinen Blick vertrauensvoll.

„Ich glaub, sie hat dich verstanden“, sagte Emily gerührt.

„Bestimmt weiß sie, dass sie bald ein neues Zuhause hat“, meinte Marie.

„Klar weiß sie das!“, grinste Luca. „Pferde sind schließlich nicht blöd!“

Willkommen im Pferdeparadies

Zehn Tage später war es so weit. Alle Formalitäten waren geklärt. Der Reitstall Brombeerhain hatte eine offizielle Patenschaft für Hexe übernommen. Sie hatte ein neues Zuhause, das nur darauf wartete, sie in Empfang zu nehmen.

Die Vorbereitungen liefen auf Hochtouren. Emily, Marie, Benni und Luca konnten es kaum noch aushalten. Sie waren von morgens bis abends im Reitstall. Von Lucas Idee, einen Ausritt zu machen und die Schimmelstute auf dem Rückweg als Handpferd mitzunehmen, war Sven allerdings nicht begeistert.

„Abgelehnt“, sagte er, als Luca ihn fragte. „Das ist zu gefährlich. Wir wissen nicht, ob Hexe sich überhaupt führen lässt.“

Luca musste einsehen, dass sein Reitlehrer Recht hat-

te. Sie wussten überhaupt nichts über Hexe. Weder ob sie sich führen ließ, noch ob sie sich reiten ließ; ob sie mit anderen Pferden zurechtkam oder lieber alleine blieb; ob sie jemals wieder Vertrauen fassen würde … Niemand konnte vorhersagen, wie sie sich auf dem Hof einleben und auf alles Neue reagieren würde. Sie mussten viel Geduld haben. Besonders Luca fiel das schwer.
„Wenn sie erst mal hier ist, wird alles gut!", sagte er. Davon war er fest überzeugt.

Als der große Tag endlich da war und Hexe endgültig auf den Hof geholt werden sollte, standen Luca, Marie, Benni und Emily um den Pferdetransporter herum. Sven saß bereits am Steuer.
„Sollen wir nicht doch mitkommen?", fragte Emily. „Schließlich kennt Hexe uns besser als dich."
„Wir können beim Verladen helfen", schloss Marie sich an. „Uns vertraut sie!"
„Danke für das Angebot", sagte Sven. „Aber ich schaff das schon. Zu viele Menschen würden sie nur ängstigen."
Benni nickte. „Ja, kann sein. Aber findest du ohne uns überhaupt dahin?"

Sven tippte auf das Navigationsgerät, das innen an der Windschutzscheibe klebte. „Der Kutscher kennt den Weg“, sagte er lächelnd. „Außerdem war ich letzte Woche bei ihr und werde den Weg ganz sicher wiederfinden. Macht euch keine Sorgen. Bis später!“

Es stimmte. Sven hatte nicht nur Hexes Besitzer, sondern auch Hexe selbst besucht, um sich ein Bild von ihr zu machen. Er war kein Fremder für sie. Trotzdem wären die vier gerne mitgefahren.

Sven klappte die Autotür zu, ließ den Motor an und legte einen Gang ein. Wenig später rumpelte der Pferdetransporter vom Hof.

Marie, Emily, Benni und Luca schauten ihm sehnsüchtig hinterher.

„Lasst uns zu den Fohlen gehen“, brach Luca das Schweigen.

„Gute Idee“, meinte Emily. „Vielleicht können die uns ein bisschen ablenken.“

Als Svens Kombi mit dem Pferdetransporter schließlich wieder auf den Hof rollte, war es später Nachmittag. Die

Freunde sprangen auf. Es kam ihnen vor, als wäre eine halbe Ewigkeit vergangen.
„Was hat denn da nur so lange gedauert?", fragte Emily besorgt.
„Vielleicht war er noch bei Maximilian und seinen Eltern", meinte Benni.
„Klar. Da gab's garantiert noch 'ne Menge Papierkram zu erledigen", nickte Luca. „Er wollte auch noch Hexes Ausrüstung bei ihnen abholen."
Marie nahm Lucas Hand.
Der Kombi hielt vor dem Stall. Sven stieg aus und streckte sich. Er sah müde aus. In dem Pferdeanhänger hinter dem Kombi rumpelte es. Hufe schlugen gegen Holz. Ein Pferd schnaubte.
Nebenan auf der Koppel hoben die anderen Pferde ihre Köpfe und spitzten die Ohren. Bonito wieherte laut. Aus dem Hänger kam sofort Antwort.
Emily, Benni und Marie schauten sich an. Luca kaute angespannt auf der Unterlippe.
„Ist alles gut gegangen?", fragte Marie.
Sven nickte.
Aus dem Pferdetransporter drangen erneut Wiehern und Huftritte. Der Anhänger schwankte.

„Wir sollten sie schleunigst da rausholen.“ Sven ging zur hinteren Klappe. „Vielleicht geht raus ja leichter als rein.“

Die Freunde wechselten einen fragenden Blick, aber sie sagten nichts. Anscheinend war beim Verladen von Hexe doch nicht alles glattgegangen.

„Helft ihr mir?“ Sven schlug die Plane hoch und befestigte sie. Sofort wieherte Hexe wieder. Es klang schrill und panisch.

„Bestimmt hat sie schreckliche Angst“, sagte Emily. Sie fragte sich, woher die kleine Stute die Kraft nahm, so laut zu wiehern und zu toben.

Sven nickte ihr zu. „Sie ist angebunden. Es kann nichts passieren. Geht trotzdem ein bisschen zur Seite.“

Claudia war aus dem Haus gekommen, Svens Frau.

„Soll ich vorne einsteigen und sie losbinden?“, fragte sie.

„Ja, mach das.“ Sven öffnete schon die seitlichen Verschlüsse der Verladeklappe.

Hexe war jetzt ganz ruhig. Fast so, als würde sie spüren, dass sie endlich zu Hause angekommen ist, dachte Marie.

„Ist im Stall alles vorbereitet?“ Sven drehte sich um.

Luca nickte. Sie hatten besprochen, dass Hexe zuerst

einmal eine Einzelbox im Stall bekommen sollte. Sie musste sich beruhigen und an alles gewöhnen. Das Verladen, der Transport, der neue Stall, neue Menschen – das bedeutete viel Stress für die Stute. Bevor sie zu den anderen Pferden auf die Weide konnte, wollte Sven sie in Ruhe beobachten.

Seine Frau kletterte durch die schmale Seitentür vorne in den Anhänger. Man konnte sie beruhigend auf Hexe einreden hören. Als Sven die Verladeklappe langsam herunterließ, rief sie plötzlich: „Achtung!"

Im Transporter blieb es merkwürdig still. Doch dann erklang ein ohrenbetäubendes Wiehern und dumpfes Hufgetrappel. Aus Claudias halblaut gemurmelten Beruhigungsformeln wurde ärgerliches Fluchen.

„Vorsicht!", rief sie. „Wir kommen!"

Hexe stolperte mit lautem Gepolter rückwärts über die Ladefläche aus dem Hänger und zog Claudia am Führstrick hinter sich her. Draußen blieb die Stute heftig zitternd und schnaubend stehen. Ihre Flanken bebten. Ihre Ohren waren eng an den Kopf gelegt. Nervös schlug sie mit dem Schweif hin und her und riss die Augen so weit auf, dass man das Weiße darin erkennen konnte. Sie hob den Kopf und stieß ein empörtes Wiehern aus.

Emily hielt den Atem an und lächelte. Hexe sah so hübsch aus!
„Herzlich willkommen in deinem neuen Zuhause!“ Marie streckte eine Hand aus, um Hexe zu streicheln, aber die warf erschrocken den Kopf zur Seite.
„Meine Güte!“, entfuhr es Marie. „Warum benimmt sie sich so?“
„Ho, ho, ganz ruhig, kleine Hexe“, brummte Claudia und fasste den Strick kürzer. „Wahrscheinlich ist sie nur ein bisschen verstört.“
„Das wird schon wieder“, sagte Sven. „Vielleicht hat sie schlechte Erfahrungen gemacht, als sie das letzte Mal in einem Anhänger stand. Es hat Stunden gedauert, bis ich sie überreden konnte einzusteigen.“
„Die Arme“, sagte Emily mitfühlend.
Hexe trat von einem Huf auf den anderen und tänzelte herum. Nervös schnaubend beäugte sie die fremde Umgebung. Sie zitterte immer noch am ganzen Leib.
„Lasst sie uns in den Stall bringen“, sagte Sven.
Ein paar Minuten später stand Hexe in ihrer Box und wanderte unruhig hin und her. Als sie den gefüllten Futtertrog entdeckte, senkte sie die Nase hinein und fing an zu fressen.

Claudia lächelte zufrieden. „Sie hat Appetit. Das ist ein gutes Zeichen."

„Das sagt meine Mutter auch immer, wenn ich krank bin", grinste Benni.

„Wir sollten sie jetzt alleine lassen", sagte Sven. „Sie muss erschöpft sein. Bestimmt kommt sie schnell zur Ruhe. Ich schaue später noch mal nach ihr."

„Wir kommen morgen wieder", versprach Emily.

Auf Zehenspitzen schlichen die Freunde aus dem Stall. Draußen blieben sie stehen und schauten sich an.

„Wir haben's geschafft!", sagte Marie. „Wir haben tatsächlich ein Pferd gerettet!"

„Fühlt sich echt gut an, was?", sagte Luca und grinste. Die anderen klatschten ihn ab.

Am nächsten Morgen waren sie früh im Stall. Zuerst gingen sie zu ihren Pferden, um sie zu begrüßen.

„Wie Hexe wohl geschlafen hat?" Emily strich Toffy über die Nase.

„Bestimmt besser als auf ihrer einsamen Wiese", sagte Benni.

„Na klar“, nickte Luca.
Marie flocht ein Zöpfchen in Robbies Mähne. „Lasst uns doch einfach mal nachschauen“, schlug sie vor.
Sie liefen in den Stall, wo Sven sie schon erwartete. Er stand bei Hexe in der Box und striegelte sie. „Guten Morgen“, sagte er lächelnd.
„Guten Morgen“, erwiderte Emily. Sie staunte. „Wow, sie sieht schon viel besser aus als gestern!“
„Sie ist auch viel ruhiger“, stellte Benni fest.
Sven nickte.
Luca bemerkte ein Zaumzeug, das neben Hexes Box hing. Statt des üblichen zweigeteilten Gebissstücks war eine starre Metallstange mit einer Kette eingeschnallt. Eine Kandare! Luca verzog das Gesicht. Er wusste, dass eine Kandare ein scharfes Gebiss war, das wie ein Hebel wirkte und unangenehmen Druck auf die empfindliche Pferdenase ausübte. Wie konnte man ein junges Pferd wie Hexe nur damit aufzäumen?
„Arme Hexe“, sagte Marie, deren Blick ebenfalls auf das Zaumzeug gefallen war. „Was haben sie nur mit dir gemacht?“
„Sie bekommt eine neue Trense“, versprach Sven. „Aber das hat noch Zeit.“ Er reichte Benni das Putzzeug und

bat ihn ein leichtes Halfter und eine Longe aus der Sattelkammer zu holen.
„Was hast du vor?“, fragte Luca neugierig.
„Ich bringe sie auf die kleine Koppel hinter dem Springplatz“, sagte Sven. „Da hat sie ihre Ruhe und kann trotzdem Kontakt zu den anderen Pferden aufnehmen. Mal sehen, wie sie sich benimmt. Ich möchte sie möglichst schnell in die Herde integrieren. Sie braucht soziale Kontakte, um sich zurechtzufinden.“
Emily strahlte. Sie war ganz und gar Svens Meinung. Ein Pferd wie Hexe brauchte unbedingt Freunde und eine richtige Pferdefamilie!
Zu ihrem Erstaunen ließ Hexe sich ohne Probleme das Halfter anlegen. Erst als Sven die lange Leine einklinkte, um sie aus dem Stall zu führen, legte sie die Ohren an und schaute sich ängstlich um. Sie hob den Kopf. Ihre Kiefer mahlten nervös, als würde sie kauen. Als sie im Freien stand und die frische Luft witterte, lief ein Zittern durch ihren Körper. Sie wieherte. Auf der Koppel antwortete ein Pferd. Es war Toffy.
Emily lächelte. Dann folgte sie Sven, Hexe und den anderen zu dem abgezäunten Stück Wiese hinter dem Springplatz.

Luca öffnete das Tor.
Kaum hatte Sven die Longe gelöst, da stürmte Hexe schon davon. Zuerst galoppierte und buckelte sie wild und tobte sich aus. Danach fiel sie in einen erhabenen Trab, den Kopf hoch erhoben, die Ohren gespitzt und den Schweif stolz aufgerichtet.
Marie hielt den Atem an. Es schien, als würden die Hufe der Schimmelstute kaum den Boden berühren, so elegant bewegte sie sich.
„Wie schön sie aussieht", flüsterte sie.
„Bisschen mager und struppig", nickte Luca. „Aber trotzdem schön!"
Als Hexe den Kopf senkte und im Gras schnoberte, betrat Sven die Umzäunung. Sofort riss Hexe den Kopf hoch, schlug mit dem Schweif und rollte mit den Augen. Aber Sven achtete gar nicht auf ihr Gehabe. Ganz ruhig stapfte er über die Wiese und würdigte die Stute keines Blickes. Langsam ließ er die Longe durch seine Hände gleiten und machte eine Art Lasso daraus, das er beim Gehen sanft hin und her schwang. Hexe schnaubte entsetzt und wich zurück. Sofort drehte Sven sich um und ging in eine andere Richtung.
Emily, Marie, Benni und Luca sahen gespannt zu. Was

hatte Sven vor? Der Reitlehrer blieb halb mit dem Rücken zu Hexe stehen. Unsicher setzte sich die Stute in Bewegung und ging auf ihn zu. Doch als sie den Hals lang machte, um an Svens Rücken zu schnuppern, setzte Sven sich wieder in Bewegung.

Nach kurzem Zögern folgte Hexe ihm mit gesenktem Kopf. Sofort drehte Sven sich um und schwang das Lasso in ihre Richtung, gerade so als wollte er sie verscheuchen.

Hexe scheute und galoppierte davon, aber schon nach wenigen Schritten blieb sie wieder stehen.

Mehr als eine halbe Stunde ging das Spielchen so weiter: Sven drehte sich um und ging weg. Hexe folgte ihm. Er scheuchte sie mit dem Lasso davon.

Emily hatte fast ein bisschen Mitleid mit der armen Hexe. Sie machte keinen besonders glücklichen Eindruck.

Aber Sven schien mit ihr zufrieden zu sein. Als er sie ein letztes Mal wegjagte und sie kurz darauf versuchte sich ihm anzuschließen, blieb er stehen und streckte die Hand aus.

Ganz vorsichtig machte Hexe den Hals lang, schob ihre Nase nach vorn und schnupperte zaghaft an der Hand.

Sven lächelte und machte einen Schritt sie zu, um ihr die Stirn zu reiben. Hexe ließ es sich gefallen, ohne zu scheuen oder wegzulaufen.
„So ist es brav“, brummte Sven. Er klinkte die Longe in das Halfter ein und drehte sich um. Hexe folgte ihm an der lockeren Leine wie ein braves Hündchen.
„Wow!“, machte Luca. „Sie sieht total ruhig und entspannt aus. Keine Spur mehr von Nervosität und angelegten Ohren. Wie hast du das gemacht?“
Sven klopfte den Hals der Stute und nahm ihr das Halfter ab. Er lächelte.
„Das reicht für heute. Das war ein toller erster Schritt.“ Er kletterte über das Gatter und reichte Luca Longe und Halfter. „Das war eine ganz besondere Methode, um das Vertrauen eines Pferdes zu gewinnen. Man nennt es ‚Follow-Up‘ und ‚Join-Up‘. Monty Roberts, der Pferdeflüsterer, hat es entwickelt. Bestimmt habt ihr schon mal von ihm gehört.“
Die vier nickten.
„Klar“, sagte Luca. „Ich hab sogar sein Buch gelesen.“
„Dann war das eben Pferdeflüstern?“, fragte Emily fast ehrfürchtig.
„So kann man's nennen.“ Sven lachte. „Pferde sind

Flucht- und Herdentiere. Sie laufen weg, sobald Gefahr droht, aber sie sind auch nicht gern allein. Wenn ich Hexe mit dem Lasso in Bedrängnis bringe, will sie weglaufen. Gleichzeitig bin ich als Mensch aber ihre Ersatzherde und sie will sich mir anschließen. Sie ist hin- und hergerissen. Sobald ich von ihr weggehe und sie nicht beachte, spürt sie, dass keine Gefahr von mir ausgeht, und folgt mir. Dieses Nachfolgen nennt man ‚Follow-Up'. Wenn ich sie erschrecke, flüchtet sie, kommt aber kurz darauf zu mir zurück. Das ist das ‚Join-Up'. Es bedeutet nichts anderes, als dass sie Schutz und Anschluss bei mir sucht und mich als Leittier akzeptiert."

„Klingt ganz schön kompliziert", meinte Marie. Sie betrachtete Hexe, die angefangen hatte zu grasen.

„Ach was!", lachte Sven. „Wenn man weiß, wie Pferde ticken, und immer ruhig und geduldig bleibt, ist es ganz leicht zu verstehen."

„Heißt das, Hexe kann schon bald zu den anderen Pferden?", fragte Luca.

Sven schüttelte den Kopf. „Nein, das war nur der Anfang. Die richtige Arbeit beginnt erst noch, aber wir haben jede Menge Zeit." Er gab Luca einen Stups mit dem Ellbogen. „Wollen wir uns auf den Erfolg was Leckeres

gönnen? Wir haben selbst gemachtes Vanilleeis und Kirschsoße im Kühlschrank."
„Logo!", grinste Luca. „Vanilleeis ist meine Lieblingssorte!"
„Und Schoko, Banane, Stracciatella, Banane, Nuss", zählte Marie auf. Die anderen lachten.

In den nächsten Tagen machte Hexe große Fortschritte. Sven trainierte jeden Morgen mit ihr und seine Geduld mit ihr wurde schließlich belohnt. Endlich war Hexe so ruhig und entspannt, dass sie auf eine größere Weide umziehen durfte. Über den Zaun konnte sie Kontakt zu den anderen Pferden aufnehmen. Besonders Toffy schien sie zu mögen. Die beiden beschnupperten und beknabberten sich ausführlich.
Sven nickte zufrieden. Genau so sollte es sein.
„Maximilian hat sie bestimmt nicht gequält", meinte er. „Er hatte einfach keine Ahnung. Ich hab mich mit ihm unterhalten. Er wusste nicht, dass Hexe Gesellschaft brauchte. Auch nicht, dass es nicht artgerecht war, sie alleine zu halten. Nachdem sie ihn ein paarmal abge-

worfen hatte, hatte er Angst vor ihr und umgekehrt sie vor ihm."
Marie blies die Wangen auf und ließ die Luft zischend wieder entweichen. „Puh", machte sie. „Gut, dass wir sie rechtzeitig gefunden haben!"
„Allerdings", nickte Sven. „Ohne euch wäre sie jetzt nicht hier."
Inzwischen waren auch der Tierarzt und der Hufschmied auf dem Hof gewesen. Hexe war kerngesund. Der Tierarzt hatte sie geimpft und entwurmt. Der Schmied hatte ihre Hufe in Form gebracht. Einem glücklichen Pferdeleben stand nichts im Wege.
„Wir müssen ihr noch ein bisschen die Angst nehmen, damit sie selbstbewusster wird", meinte Sven. Er betrachtete versonnen den Springplatz neben der Koppel. Die bunten Stangen der Hindernisse leuchteten in der Sonne. „Ich glaub, ich weiß auch schon, wie! Emily, holst du bitte Toffy von der Weide? Die beiden scheinen sich gut zu verstehen."

Emilys Herz klopfte wie verrückt, als sie Toffy von der Koppel holte und zum Reitplatz führte. Ob Svens Plan wirklich funktionierte?

„Hör zu“, raunte sie Toffy in die gespitzten Ohren. „Du musst Hexe unbedingt helfen!“
Toffy prustete, als hätte er sie verstanden.
Sven stand schon mit Hexe auf dem Springplatz. Hexe brummelte, als sie Toffy sah. In Windeseile schleppten Benni, Luca und Marie ein paar Hindernisstangen heran und legten sie hintereinander auf den Boden.
„Du zuerst“, sagte Sven zu Emily.
Emily nickte und fasste Toffys Zügel unter dem Kinn. Ohne zu zögern, ging Toffy neben ihr im Schritt über die Hindernisstangen.
„Siehst du?“, sagte Emily zu Hexe. „Es ist ganz einfach. Die Stangen beißen nicht. Das kannst du auch!“
Sven lächelte. Er griff in Hexes Halfter und spürte, wie sie sich anspannte. Ihre Muskeln wurden steif. Gleichzeitig stemmte sie alle viere in den Sand und schnaubte nervös. Sven merkte, dass sie am liebsten rückwärtsgehen und sich verkriechen wollte, aber er hielt sie energisch fest.
„Macht es bitte noch einmal vor!“, rief er Emily zu.
Emily und Toffy folgten der Aufforderung und gingen bereitwillig eine weitere Runde über die Stangen. Dieses Mal sogar im Trab.

„Wenn Toffy das kann, kannst du das auch“, sagte Sven zu Hexe und strich ihr über die Nase. „Nur Mut, du schaffst das! Komm, ich helf dir.“

Toffy stupste Hexe auffordernd an.

Langsam und zögernd, einen Huf vor den anderen setzend ging Hexe auf die Stangen zu. Sven ließ den Führstrick lang, damit sie den Kopf senken und in Ruhe alles beschnuppern konnte. Die ganze Zeit redete er mit ihr und beobachtete jeden einzelnen Schritt. Als Hexe die erste Runde geschafft hatte, ohne ein einziges Mal anzustoßen oder zu scheuen, lobte er sie überschwänglich.

„Das hast du toll gemacht!“ Er klopfte ihr den Hals. „Wir machen das jetzt jeden Tag, bis du keine Angst mehr hast.“

Benni und Luca klatschten Beifall. Marie und Emily strahlten. „Das war super!“, rief Luca.

Hexe warf den Kopf hoch und wieherte glücklich. Es hörte sich an, als wäre sie ganz und gar seiner Meinung.

„Sie mag Toffy“, stellte Emily fest, als die beiden Pferde sich beschnüffelten.

„Er tut ihr gut“, nickte Sven. „Bist du damit einverstanden, wenn wir Toffy zu ihr auf die Weide stellen? Durch ihn kann sie lernen, wie es ist, Vertrauen zu haben.“

„Na klar“, sagte Emily sofort. „Toffy und ich helfen gerne!“

Sie führte Toffy auf die Koppel und nahm ihm das Halfter ab. Toffy blieb stehen und wartete auf Hexe. Die beiden Pferde schauten sich lange an. Dann drehten sie sich um und bummelten davon. Wenig später fingen sie Seite an Seite an zu grasen.

Emily war ganz gerührt. „Es sieht aus, als würden sie sich schon ewig kennen“, meinte sie.

„Sie mögen sich sehr“, bestätigte Sven. „Und das ist gut so.“ Er verabschiedete sich von den Freunden und stapfte davon.

„Willkommen im Pferdeparadies“, sagte Luca und schloss das Gatter.

Benni legte die Unterarme auf den oberen Balken.

Marie und Emily stellten sich zu ihnen.

Lächelnd beobachteten sie, wie die Abenddämmerung sich langsam über die Wiesen legte. Sie freuten sich auf die Zeit, die vor ihnen lag. Auf die Zeit mit Hexe und den anderen Pferden vom Reiterhof Brombeerhain.

Leseprobe

Das nächste Abenteuer mit den vier Freunden erscheint im Frühjahr 2017. Hier könnt ihr schon einmal reinlesen:

„In ein paar Wochen fangen die Herbstferien an", sagte Emily. „Und dann ist auch bald das Turnier auf Gut Hohenstein, für das wir uns angemeldet haben. Müssen wir nicht langsam mal mit dem Training anfangen?"

„Auf jeden Fall!", sagte Luca sofort.

In einer Freistunde füllten sie ihre Meldebögen aus. Die Listen für die verschiedenen Prüfungen hingen seit ein paar Tagen im Stall. Marie hatte sich für das A-Springen eingetragen.

„Vielleicht sollte ich meine Meldung zurückziehen und stattdessen lieber bei den Mounted Games mitmachen", murmelte sie. „Die werden extra für junge Pferde ausgerichtet. Beim Konditionsritt sind lustige Aufgaben zu lösen. Auf dem Pferderücken mit Bällen jonglieren und dazu ein Lied singen, zum Beispiel. Was meint ihr?"

„Hört sich an, als wäre es genau das Richtige für dich und deinen Robbie", grinste Luca.

„Wenn's darum geht, ausgefallene Sachen zu machen, seid ihr bestimmt das beste Team, Robbie und du", bestätigte Emily. „Du müsstest nur noch jonglieren üben. Und das Singen solltest du vielleicht deinem Pferd überlassen. Gibt es bei diesen Mounted Games nicht zufällig einen Vielfraß-Wettbewerb für Luca?" Sie zeigte auf Lucas prall gefüllte Frühstücksbox, deren Deckel sich wölbte. „Bei einem Wettessen würdest du garantiert gewinnen. Und wenn du nicht mehr kannst, erledigt Bonito bestimmt gerne den Rest."

Luca runzelte die Stirn. „Willst du mich veräppeln?"

„Nö. Wie kommst du denn darauf?", fragte Emily. Sie beugte sich kichernd über die Unterlagen.

Marie trug sich tatsächlich für die Mounted Games ein. Emily entschied sich für den Dressurwettbewerb der jungen Reiter. Ihr Wallach Toffy sprang zwar gut, aber ihr selbst fehlte der nötige Ehrgeiz und manchmal auch ein bisschen der Mut, um einen Parcours zu überwinden. Dressurreiten lag ihr eindeutig mehr.

„War ja klar, dass du den Geländeritt mitmachst", bemerkte sie, als sie nebenbei einen Blick auf Bennis Formular warf. „Ich wünschte, du würdest Möwe lieber im Viereck trainieren, anstatt durch den Wald zu preschen und über Baumstämme zu springen."

„Hast du dich immer noch nicht daran gewöhnt, dass Benni Vielseitigkeitsreiter werden will?", fragte Luca.

„Nicht wirklich", gab Emily zu. „Ich hab jedes Mal Angst, wenn er mit Möwe ins Gelände geht."

„Ich pass schon auf. Mach dir keine Sorgen." Benni, der seit einiger Zeit Emilys fester Freund war, lächelte.

Marie wandte sich an Luca, der noch keinen Eintrag gemacht hatte. „Und du machst bestimmt beim L-Springen mit. Stimmt's?"

Zu ihrer Verwunderung schüttelte Luca den Kopf.

„Sven hat mich gefragt, ob ich mich nicht lieber für das M-Springen anmelden möchte. Er traut es mir zu. Außerdem will er mit mir trainieren. Er reitet selbst nicht mit und will das richtig professionell aufziehen. Er glaubt, dass in Bonito und mir Potenzial steckt. Na ja, vielleicht übertreibt er auch ein bisschen." Luca spielte mit seinem Kuli und grinste verlegen.

„Das M-Springen?" Emily blies die Wangen auf. „Weißt du zufällig, wie hoch die Hindernisse da sind?"

„Ja, klar", erwiderte Luca ungerührt. „Na und? Bonito und ich springen im Training viel höher."

Marie, Emily und Benni sahen zu, wie er seinen Namen in die Rubrik für das M-Springen schrieb und seine Unterschrift daruntersetzte.

„Du traust dich was", murmelte Emily. „Ich würde garantiert aus dem Sattel kippen, wenn vor mir so ein Wolkenkratzer auftauchen würde!"

Luca lachte. „Alles halb so schlimm. Wenn's zu schlimm ist, mach ich einfach die Augen zu. Hauptsache, Bonito behält den Überblick."

Benni schlug ihm auf die Schulter. „Wenn einer von uns über Wolkenkratzer springen kann, dann du!"

Carlsen-Bücher gibt es
überall im Buchhandel und
auf carlsen.de

Überarbeitete Neuausgabe des Titels
„Vier Freunde und das verlassene Pony“ (2008)

Umschlaggestaltung und -typografie: formlabor
Umschlagfotografie Bild 1 shutterstock.com/© Mageon,
Bild 2 shutterstock.com/© bonchan
Lektorat: Susanne Schürmann
Herstellung: Constanze Hinz
Lithografie: Margit Dittes Media, Hamburg
Satz: Pinkuin Satz und Datentechnik, Berlin
Druck und Bindung: GGP Media GmbH, Pößneck
ISBN 978-3-551-65065-8
Printed in Germany